◆潘祖蔭《潘祖蔭日記·同治二年》《潘祖蔭日記·光緒七年》《潘祖蔭日記·光緒八年》《潘祖蔭日記·光緒九年》《潘祖蔭日記·光緒十年》《潘祖蔭日記·光緒十一年》

蘇州博物館藏晚清名人日記稿本叢刊

卷伍

蘇州博物館　編

文物出版社

潘祖蔭日記·同治二年

（清）潘祖蔭　撰

同治二年

同治二年癸亥元旦

慈寧門行三跪九叩礼

乾清門行三跪九叩礼補服花衣褂畢換補褂常服奉

勑恭代

御筆陳西宿代祀 關帝廟暨佑德護扁一座 城隍廟神功效順

扁一座歸 天地神佛前行禮 萬壽前叩賀 秋谷

來

初二日入直

派擬惠親王五十扁對寫派 頌卿珊士來

初三日入直見昨日
上諭宗人府丞著潘祖蔭署理欽此　勉甫珊士來
初四日正陽門
關帝廟拈香入直具摺謝
恩
初五日入直　劉南卿招餞之　孔繡山招餞之
初六日入直　胡月樵鳳丹招餞之
初七日入直　拜劉蘭墅
初八日入直　勉甫陸濂文來
初九日入直　孝侯視學山右

初十日入直

十一日入直 同鄉會

恩派寫天壇神牌 珊士來

十二日入直 許楊俱未到 許師自初二以來未入直

派寫帝鑑圖說十六條 本日呈 璈 秋谷來

十三日入直 楊到 刷印隨鑾文閣文一百六十四部 價壹百六十兩 又六十兩

賀孝侯 訪修伯

十四日入直

十五日入直 楊到

賞元宵　祝許太師母壽

十六日入直　杜雲巢師招於松筠菴

十七日入直　許楊到

十八日入直　許楊到　曹子千毓英來

十九日入直　鄭小廬先生錫壽接極成穀讀

二十日入直　勉有來

廿一日入直　楊到

廿二日入直　楊到

廿三日入直　楊到

廿四日入直　楊到　初刻到宗人府任

廿五日入直 杨到 同青士招華峯、小岩於河出祠同飲，中不舒，未

廿六日入直 安琴舫、康芝山來 秋谷卅的初度 聞俊民下世之信 以鳳翔信送許玉閣

廿七日入直 楊許到 秋谷來 李瑾臣孝廉紹煒來 益寄到夏璲

甫圻書屏景紫垣全書之閣印露之

廿八日入直 楊到 徐琴舫招同周蘇芸董研秋、沈仲復、李菊人

吴石梅 秋谷、碧卿來

廿九日入直 杨到 同許師柳元招黄壽侯、宋錫蕃、彭子京於怡芝堂

胡石查孝廉 王蓮夫 潞來

二月朔入直 杨 復命 恂卿出 門人吴鍠玉廣寒、孔憲穀、孫紀雲來

菜山來

初一日入直　門人王師曾來　葉蘭台來　後姚彼堂　丕陵　子青

初三日入直　揚　門人孟傳璿來　畢葆瑞來

初四日入直　揚　首調元來　門人梁振英　黃維翰　趙田沅　錫奉勳

伍日清　艾慶曾　艾紹傑　李汝霖　李福濤　劉純熙來　甲午　高文京龢

李季村　郭玉山來

初六日入直　揚　許　送李保之　李信來　緯之　門人孔憲蔭　孔憲蘭

孔繼煥　吳毓源　沙兆治　田洪佑　崔錫范來　門人高彤瑄　毛

鴻飛　姜桐岡　陳秉和　慕文田來

初七日入直　門人鄭振岳來　方鑑南來

初八日入直　揚　諸門人來

初七日晴 拘 諸門人來

初八日晴 拘 諸門人來

初九日晴 許拘 諸門人來

初十日晴 拘 諸門人來 子嘉來

十一日晴 拘 諸門人來 介伯施甫丁默之來

十二日晴 胡鞏宸來

十三日晴 拘 許湘甫來 楊協卿鄭心飛 訪湘帆告 孝銘來海鈞子文

十四日晴 拘 訪朱名亮師 晚間不舒服延柳岑診

十五日未晴 拘 ■發燒通身作楚延柳岑診服兩劑

硯州秋谷來 門人來代來兒

十六日　因摺請假

十七日　寶笙、芾村來　仍服柳岑藥兩劑

十八日　咳嗆尚未全然乾淨　服柳岑方　碩卿、秋谷來

十九日　仍服柳岑昨方

二十日　仍服柳岑方　袁啟豸、蘋石來

廿一日　張輝山、王仲宣來　趙毓芝、吳道東、石裕坤、吳重熹來　遣人賀仁師令愛下定，知仁師係十日　辛兄來，本日到京　仍服柳岑方　秋谷來

廿二日　金紹庭、勉甫來　虞汝平來　辛兄、秋谷、碩卿來　李瑞逵、陳家灝、丁耀時、鄭兄俱來

廿三日　祝沈鳳墀六十賀　孫如令郎完姻　魏培楠、李兆梅、楊敬廷、范彤錫

劉文驤來

廿四日　楊　銷假請

安 送周戴（杜許）師奕帶見贄敬各十兩△其帶見 黃繼對 孫石譯生
許生來 同俞襲芸謁井死傳與李蘭舫說
廿五日 引見時晚
雨
廿六日入直 柏 果同澤孔憲彝畫傳琦來 拓辛秋禧笙甫樸初 楊碩玉森福住飲
廿七日入直 柏 李青馬天錫郭森林天錫秦誼亭來
廿八日入直 柏 馬天錫田洪付吳甘珍吳福禧來
廿九日入直 珊士之亭金隱樵來 鄧家甫 訪采南
三十日入直 柏許 高櫟來 錢西崗舒廷桂瓊培楠采南鴻疏

朱

三月朔 入直 許約 許達京 鍾孟鴻 鍾覺黎 西洪 修來 晤英煦人 得陸雲簃信

初二日 入直 約 光祿寺值日 祖庚宗 瑞卿信 招福興飲 鶴飯招

吳竹如來

初三日 入直 風

派寫樂安寺額

初四日 入直 約 宋雪帆招 餘之 翹省 沂生來

初五日 入直 約 許 陸儀卿 招之 來

初六日 入直 濮石令 校閱 辛芝 秋谷 招

初七日 入直 復錢仙雲書

初八日入直

初九日入直　李文石壽爵　徐頌閣來

初十日入直　光禄寺值日　見老師逝於山園　知會試題大畏民志兩

其義　其次　直而温　於是焉　詩　賦得　出明珠　得珠字　碩卿來

十一日入直　答吳佑如

十二日入直　許　罵　洪　張仙來　御筆小行楷聯一付

十三日入直　穆石民來

十四日入直　泳生　荀亭來

十五日入直　許　蔭珊士爲余選八律詩

十七日入直 許 辛谷來，並出文閣。

十八日直

上祀大高殿祈雨 王長申、王帥佑來

十九日入直 值日 魏培楠、方勉甫、鄭琳處、張庭詩來 黃竹坡、楊洋、杜彥甫來

廿日入直 劉伯英、李詒（風門生）、孔繡瑾、孟侍讀、陶鳳墀（陝）、虞汝平、趙善全諸君

樟金鑑庭、田洪修來

二十一日入直 朱學敬、薛振、趙詒甫來 袁灰翁、孔憲瑴、李樹田來

廿二日入直 楊龍章、車魏、蘇照英、丁鳳年、屈秋泰、吳重熹來

廿三日入直 許 畢蓉照、吳志卿、鄭心耕、高彤瑄、孫紉來

廿四日入直 許

萬壽聖節 前三後三常服朔珠以礼時補褂
上御乾清宮 王公以下行禮
賞壽桃一盤 嚴承緒来 楊鉊程傳譜来
廿四日入直 李端遇 魏培楠 王彤鴻 出道東 趙銘益 仁師來
中額 滿七 蒙三 漢五 直廿 奉三 山东十八 山西七 河南九 陝六 蘇
南安七 浙十一 江十七 湖北十一 湖南八 福八 廣东十二 四川五 雲三 貴三
廿五日入直 許 吳仲懌 錫丕耀来 吳懷卿来
廿六日入直 許 龔顯曾来 王廣寒来 張椿齡来 李菱洲来
廿七日入直 馬東垣来 雨
上詣大高殿祈雨

廿八日入直　辛兄韓丕燿來　辛兄又同秋谷來　李兆梅龐
永齡孫翰卿文明王澤普來
廿九日入直　許　梁振英出韵送文　魏石村來　山左門人公敬送席
派充磨勘官　許達京袁廷俊李樹田來　大雨
三十日入直　羅琛加按察使銜　辛芝侍讀銜小雅花翎　小蓮加銜花翎
發下
御筆心經寫卷帶　邵汴生來
四月朔　許
派寫帝鑑圖說卷

霽　晾羊皮褂　陸〻許俞伯〻茶王文彝鑄保垣來

初二入直

派寫圖說冊引首萬世玉衡四大字　袁爽秋沈鳳墀　方勉甫來

初三入直　辛兄來　得姚致堂尹右農書即復之並子青信

初四入直　值日　碩卿來

初五入直　高彤瑄來

初六入直　黃季父來　武福泰來　顧承歡來　辛秋來

初七入直　武福泰來　孔憲瑴吳仲飴俞相文卿辛兄來

賞番佛日五香豆一碟

初八入直　許同許師星朱潤泉辛秋飲同興樓　門人獲雋者山東

令撥江西萬載新城瓊府　派許

八人：張沅清、姜桐岡、丁壽昌、王文璟、李端遇、鄧振安、陳瑞麟、張蔭國。

初九日，重評。丙辰薦考一人，黃體芳；庚申覆試一人，蘇楨。

派書

御用二扇，寫王維詩二首，共一面，

慈禧太后宸諭也。姜桐岡、陳珊士、李端遇、劉松山、丁濬年、

辛芝先來。答李小湖。

初十日，入直，構。麐勖班書到。

發下國史館列傳四本。訪碩仰、辛秋，答觀庭，范梓九、六仲

銘。鄧振安、孔憲彀、張蔭國、陳瑞麟、王文璟來。

十一日，入直，構詩。鄒解元來。丁小商、車翹、諸葛梓、虞汝平趙

善侄侍樵齡辛芝碩卿來

十二日入直　張沅清黏紛來　光祿寺值日　是日

上詣大高殿祈雨

十三日入直　椒

賞下廣福寺石影楊　范鶴生畢義孫李梅田來

十四日入直　許稚文辛伯來　陸吾山來

十五日入直　在懋勤殿閱蘇東坡檻木詩卷、趙子昂以十七帖書低

十六日太真上馬圖王石谷江山臥遊圖燕文貴蕭寺圖曹雲西溪

山平遠圖董香光自書告身卷坐御山宋南圖保母磚卷子春

光藏本也　秋谷來

十三日入直　訪方勉甫　賀壽甫　訪炳平不值　李硯舫來
蔣般明日招於福春劉雨峰之
十四日入直物
節憐之姓　閱帝廟　城隍廟　兩舖派祥　謁蔣般之　贊
李蒓客來
十八日入直　許辛芝　秋谷來　勉甫　炳平來
十九日入直　在懋勤殿閱李伯時吳中三賢畫　趙伯駒弘文雅集圖
李伯時五馬圖　仇仁發飲中八仙圖　唐伯虎本華封三祝圖　錢陳群題
姚元在仿宋元六家山水卷　果楷　王羲之書扇圖　伍理之
書樓鑰汪氏報本菴記卷　趙仲穆臨李伯時畫馬圖

黄邦達摹馬遠瀟湘八景圖　方琮摹黄大癡富春山居圖　招辛芝　秋谷　石頑卿　誦清譜　研於寅賓遲鶴航

二十日入直　值日　遞封奏一件　在懋勤殿閲陸治上元讌集圖　文徵明石城草堂圖　孫克宏畫花鳥卷　閻立本畫孔子弟子象五十九人　蔣溥跋　姚公麟綫畫　趙伯駒馬圖　范寬秋山蕭寺卷　高江村詩　隋人書史岑出師頌　張顗達善跋　文嘉　錢穀　文伯仁半偈庵圖合璧　望雨訪黄河水　張敔照實沙彌道照啟允畫　王世懋　王世貞　黄姬水詩文和書　陶濬宣一郭森來　李稷來　石頑卿來　詣錢恭伯

上諭大高殿祈雨

廿一日入直　揚許

發下扇八柄，借寫臣款書三柄。辛芝先來，即於辛丑秋右缺

廿二日 入直。李和生來。

廿三日 入直。柳許。招蔡卿、濟生、仲復、研樵、遜亭、玉雙酒於隸草堂。

廿四日 入直。杉許。濱石早招，請係四月間缺，回籍省親。

狀元翁曾源，榜眼龔承鈞，探花張之洞。午後雨。

廿五日 入直。楊。濱石所恩瀛乃告予云：予好名之念太重，天之所忌也，以後韜晦為妙。八翁仲淵歸，偕同鄉假集常昭

館。鄒有泉。

廿六日 入直。在懋勤殿同張宗蒼仿黃公望筆意長竹塢

林亭卷 唐子畏山水 李季雲印 老松屋 董文敏書錢要語卷 方翰印 馬軾

李在夏芷合作歸去來辭圖 易元吉果猴圖 周之冕畫花

卉 出蛇王著千文真跡 金陶溪山幽賞圖 汪由敦臨王羲之諸

葛亮出師表 宋旭西湖圖 張宗蒼陶母修禊圖 王鴻緒聽松圖

共合直許 諸子元不值睢錢室 祖御東平設宴日

共合人直許 崑新收復

賞帽緯一匝袍料一丁 在樵勅厰閣 宋陸四千字文 高宗題 唐子畏松陰

高士圖 李季雲之 惠泥洞山水 部稱題 李伯時吳中三賢 又一 董邦達仿

王詵煙相小雪圖 錢文敏塞小雪二京 懷素自敘帖 續 梁楷 又一本

右軍書扇面　錢宗蒼雪溪帆影　張照臨蘇集帖　亦帖一部
文衡山溪亭山居圖　扇面王右丞詩意　扇紙趙時春詰人形　江楓漁泊夫人扎一幅
廿九日　直　許師派　同考　引見時磕頭所　丁竹溪松文昌館
恩　在懋勤殿摹東坡權木詩墨蹟　王著千文未完　立青八來
五月朔入直　許
賜角黍　錫辛伯黃漱蘭鄭小珊來
初二日入直　在懋勤殿摹王著千文　閱戲錄曲譜　顧鎔煮茶圖
沈石田雲山雨意　錢宗蒼層樓曲棧　莫是龍雜書　錢宗蒼直
山園圖　錢維城獅林全景　沈石田寫生　王蔔　卿蚌　林逋蘇軾詩帖卷

庚子四日以衡山書畫合璧卷　在內閣贈仁師　諭旨由

尚書房翰林需人著倭仁黼擬派翰詹數員內擇其品學端方者

酌保數員候旨考試欽此

初五直　許　在懋勤殿章草千文　並閱黃鶴雪擬圖　高房

山秋山暮靄圖　倪仿黃山園圖　文衡山姑蘇四景　沈石田

山水　沈士充子居　仿宋元十四家筆意　聽碩卿秋夕高樓

武福壽郎汴生文傅達泉楊雪門來　同寓管汴生月船

辛亥書生以姻姪之誼餽硯石

初六直　祝洪生先生壽　謁仁師　訪敬珊士東李瑞言遇鍾覺

黎來　計內廷用費一百廿吊　民二月　孟柳一百廿吊　劉五十吊　李廿六吊

懋勤畫百廿吊　箋四十二吊　報十二吊　朝房十八吊　各要　鄭禮三百廿吊　共十三吊

初五日入直許　欠周月季二兩

賜角黍　扇　大人預祝　伯父小匡譜怡味秋玉森誦清同飲

初六日入直　蓉子文气　大人散誕　小匡亞陶玉森誦清辛秋譜怡同飲

翰林院保送南齋之人徐以國陟均用甫孫萊山初八日考試

初七日入直　許　蓉子昆臨十七帖　萊山來　訪濱石

初八日入直許　辛芝來　仁仲來

初九日入直　許　在殿上見黃蒼柳塘張人駕圍濂闊八出國王煥　大晴日

順腹張子園　訪趙之謙益甫邱朱修伯　詳以開來陟論用

菊泉徐陟瑜李日春　答直南齋者　李村來

初十日入直 許師未到 王文[illegible]孫萊山來

十一日入直 許師未到 在殿見李蔗雲 宗陳師夔舜卿 翁石陵

訓禮園 烟持七 李彥[illegible]芑過 魚樵過 畫存竹林五尺 陳瑞麟

陳薌園來 辛芝秋 及丁鳳年來 夜雨

十二日入直 賀以閣用者 祝順之 信吾 勝請 卿 李瑞過

來

十三日入直 在殿上見趙伯駒漢宮圖 香光琵琶 夏珪禹玉西

湖柳艇 仇十洲梅石撫琴圖 仇十洲移竹圖 王石谷晚梧秋

惲南田芭蕉 郎世寧花鹿仙芝 唐岱仿王維照山水 辛芝來

三更始雨

勉甫寸
珊士寸
劉開霞函

上詣大高殿拈香　雨

十三日入直　許師未到　姜桐岡　武福春來　招玉六、仁師、濱石、頌閣同肯

勉甫於宴賓齋　勉甫因病不至　夜大雨

十四日入直　光祿寺值日　宗人府帶敎習引見一名李錫珍　濱石行　方壽甫來

十六日入直　在殿上見小李將軍江帆樓圖　香光諸不真　陳琳溪鳧圖　王蒙

辰、嶽書十二件

山水直幅　董北苑龍宿郊民圖　香光王横雲此皆摹本　王原祁雲山秋色隱自天

晚又見山川諸奇帖　李芝碩不值　許達泉、王廣從、趙錄未來

十七日入直　在殿上見荊浩匡廬圖　任仁發花村春慶圖

馬遠畫雪景　王詵九成宮圖　趙雍駿馬圖　吳仲圭墨竹

錢送五蕪園洽叔賞月圖次叔人物畫幅金廷標鍾

馗採梅圖金廷標吹簫台鶴圖　葛師入賢良祠未去

廿日入直　許師未到　酷暑　在殿上見關仝畫關山行旅趙

安儀周印

昌花鳥趙孟堅水仙盛懋擬倉居小白雲倪瓚畫山樹

自題極佳

花錢送雪樵集翁呂紀紀央　秋葵絕香來

修伯同年未去

廿一日寅直　許師作同未到

廿二日入直　許師昨同未到　李村年兄來

廿三日入直　許師未到　遣人將禮四色送子福師廿三行大雨

廿四日寅直　俱到　張樸平觀察來

廿二日值日 謁許太老師 辛芝談竟日 託秋谷李

叢阿來

廿四日入直 偕到 訪吳琇卿

廿五日入直 許師未到 送韻和竹 訪劉雲生 秋谷硯卿韻和蓮舫來

廿六日入直 許師未到 偕秋谷俶珠韻初取學正 皆不直 大雨

廿七日入直 許師未到 昨同作燒大四鴨東 小道長人森巳 麪大醉 貝字松 未去

廿八日入直 許師未到 大雨 秋谷來 知棠記名

廿九日入直 許師未到 王益棨李端遇來 訪許師 隨同者作燒小豬東 訪琳平 邵伯不值

三十日入直 許師未到 頌閣來 晚大雷雨

六月朔入直 直日 同卿銜 許師未到

恩

賜藕子葉餃

初二日入直 俱到 視玉森三十 辛秋稼卿仰來 姜桐岡來

初三日入直 許師未到 酬酢 袁鶴洲來 夢芷世兄歿亦不祥

初四日入直 許師未到 寄芸農書交雯生 畢更殘

黃太夫人忌辰 李端遇來

初五日入直 俱到 晚雨

初六日入直 恭慕

文宗顯皇帝大恩皇考之寶（印之璽）位十四字　許師未到　過寅亭元來

初七日入直　許師未到　王文賢秋坪來　鄧彥銘來

初八日入直　許師未到　晨雨　詣譜琴飯安寓　湯貞堂來

初九日入直　直日　坪園未到　秋坪來

初十日入直　許徐未到

皇朝兵志卷下　國史館所借小本　燕校　秋坪來同吃燒鴨

十一日入直　許師未到　大雨入直　附衣履俱濕

十二日入直　硯卿招飲福源樓　范雅生來

十三日入直　許師未到　訪偕生先生　許師見化度寺碑九百餘字宋刻宋拓

拓本在齋取陳伯恭要青玉盃狗印 留覃溪跋 訪蓉齋陶韵齋

皆有跋 作鄭所出售價壹百弍拾番

十四日 入直 馮柳堂觀察銘來 張香濤來

十五日 入直 許未刻 謝閣 請小臣香濤、蔚峯 晚 秋谷招未去

十六日 入直 許未刻 容香生、雲生 出拓目幕 山泰多伯光緒 有柳濃南都

季晚 訪蔡叩

十七日 入直 許未刻 光祿寺值日 訪亭秋、碩卿 訪林平 孔繡之來

十八日 入直 許帥未刻 訪野舫 野舫、趙夔由、鯀之來

十九日 入直 許帥未刻 辛芝來 談竟日 四范肩生、信之、孔繡之

二十日寅

賞藝食四器、他物一器　以備如行節偏月行文琴射　童觀察秀之回

何桂苑縱纖來　大人服小匯藥

二十一日入直　許師未到

御筆心經四卷帶　徐歆　秋谷來　季立來　鄭心庵年伯觀壽來並索蕭頌

寄童采南信　夜雨

二十二日入直　王廣寒、吳其珍來　暑

二十三日入直　許師未到　暑

二十四日入直　許師未到，巳刻立秋　訪碩川、辛芝、秋谷

二十五日入直

廿六日入直　許師來訓　昨約同興樓今日同周甫以閒卅日同興樓巳亮未

廿七　碩卿來

廿八入直　許師來訓　秋谷來譚行　明日　二兩拾要賓高來去　許姊平西方去設碁病去住　校　文宗御製詩文集畢

廿九日入直　許師來訓　兩月以來仿貸無成如景況不堪矣　許師招同興樓同以閒周甫　他有維行明日　李菱洲來　夜雨

命撥直隸東府勘河神廟額　淑徐

卅日入直　沿海難行　送鮑甫行　訪修伯　得四姊信　李端遇小研來

辛未

七月庚申朔乙巳入直

賞餪糕一盤 許師未到 內子病延小匡診 辛芝來 致譜香信文勤甫

初二日丙午入直 訪馨伯 博明希哲西齋借鳳城瑣錄甚淵雅 致佩笙笑仰行

初三日丁未入直 許師未到 湖南通志金石志出瞿木夫手 玉甫來

初四日戊申入直

繼母陸夫人二十周忌 龍泉寺禮懺 二伯 硯卿 玉森 誦清 茀村 柳岑 三弟 辛芝俱到

初五日己酉入直 許師未到 沈韻初來 寫牽牛河鼓天貴星尺 神州天孫織女福德星尺

初六日庚戌入直 許師未到 偕仲飭在內燒鴨東 韓仁山自山東來 辛芝來

初七日辛亥 入直 許師未到 經閣於許師、用甫於同興樓

初八日壬子 入直 許未到 訪東生、仁山 同仁師、星林集於福興居 昨閣、用甫 夜大瀉十餘次不止 服柳岑方 西

初九日癸丑 備遞甘不能入直 許亦未到 札復用甫、昨閣 服柳岑方 辛芝來 趙秀田、毓芝、谷妹丈來

初十日甲寅 入直 硯卿來

派恭代十二日

御筆心經 趙秀田來辞以腹以四金 沛生來 辛芝來 服柳岑方

十一日乙卯 病未能入直 遣人告昨閣 服柳岑方 仲仁山來

十二日丙辰 兩下鐘 送內廷詞

慈安皇太后萬壽聖節
慈寧門行禮　白中晋六月十三書即復之　許師上陵
十三日丁巳入直　訪候鄭惕厂　唐少卿蔚　辛雲六　杜紫三　劉雲生　蔣拙菴來
十四日戊午入直　答伯寅祀
先　鍾遇賓來　劉南卿來
十五日己未入直　交雨甫五十金去　順閣十金去　贈蒓客四金去　以荊山信交南卿　李篁仙來
十六日庚申入直
十七日辛酉入直　雨　碩卿韵初來
十八日壬戌入直　吳瑞卿來　王廣守南卿李柏來

十九日癸亥 罷直 硯卿辛芝來譚竟日 以玉屏不往 邀韵初

二十日甲子 入直 光禄寺值日 許師派命未宜 以閣未入直

二十一日乙丑 入直 以閣未到 以閣來 辛芝來 訪韵初硯卿

二十二日丙寅 入直 許未到 晤頌閣內親

二十三日丁卯 入直 許師未到 訪硯卿辛芝 韵初李小楳來 將韵初處亭研

漢周憬碑 陳蘭甫澧有拓本 李研卿說 吳子苾有在湘中某橋下 余已得之 均初

趙益甫說 陳者太師碑 似未知 戚桂谷善灦猕 張松坪目覩在金鄉間 蕭宏闕 程文榮摸

貴榆改介 辛芝來

二十四日戊辰 入直 許師未到 晤竹坡丁親 珊士來

二十五日己巳入直　許師來到　訪碩卿、辛芝　辛芝來乞元日

二十六日庚午入直　大雨　許師來到

二十七日辛未入直　恭編

文宗顯皇帝詩文全集詩八卷、文二卷　刊刻完竣恭進

呈本二十部備　賞本八十部裝訂成帙擬即摺呈遞

旨收　贈均初高頤碑劉燕庭拓本石不實只闕

二十八日入直　暮雷雨　許師來到　議政王侍　光祿寺值日

旨頒賞

文宗顯皇帝詩文全集一部並留有

賞賜　晚又雨　吳瓌卿、沈韵初來　爲均初作緣詩代度寺碑

二十九日 入直

賞臙脂蟒袍一襲、大卷江綢袍褂各一匹 磕頭謝

恩 祝仲師壽 辛芝來

三十日 黑戌入直 許師來訪 篯航來談

黃壽研華中父真賞高本 錢存楊氏能拓 號文甫（錢甘）又號蓮山處

有山南禺、朱竹垞、何義門、錢竹汀、翁覃谿、心葊、六舟跋 又子貞七古二首

有文後山影 秦光第、六舟、何子貞題簽 孫淵如題墨皇二大字

有陸謹庭名印 並在其處 又名字印不計其數（為端國題 細看即是仿本）

見鶴壽本 有翁覃溪詩 王惕甫跋 何義門題簽 為耕高藏 有榮公印 印世多

八月朔乙亥 入直 許師未到 辛芝來 雨

初二日丙子 入直 許師未到 吳曉卿餞行 訪韵初、碩卿、辛芝 雨

初三日丁丑 入直 許師未到 兩順閣賀涑文娶 是日不陰雨道途甚難行也

初四日戊寅 入直 許師未到 鍾遇賓、康芝山來 辛芝來

初五日己卯 入直 許師未到 訪修伯 韵初、珊士來 諗笙生來 訪姊平

初六日庚辰 入直 許師未到 辛芝來託買之皮未成 劉雲生來

初七日辛巳 入直 許師未到 派寫之件送其家 以郭筠仙信交劉雲生 雨

初八日壬午 入直 許師未到 訪許師

初九日癸未入直 許師未到 在内見宋拓九成宫醴泉銘、聖教序 一本林字已有刻本文 有柳石雖柳公權祖印者

九成宫有思白跋袁司農物 思白跋後又補第一頁者佳 宋拓夜書所跋王夢樓跋 拙老人 王夢樓印 題跋

均初來 文翰初啟未驗登

初十日甲申入直 許師未到 辛芝、均初、高鳳岡、梅來 偕王蘭洲漢

石經拓字來 觀一幅 語一 儀禮五 錢梅溪摹存其石以爲漢石

此九宋石也 賀李村得子

十一日乙酉入直 頌閣開印 文齋寄鳳岡、鄭譜香信 絳平來

十二日丙戌入直 許師未到 謁許師 滇生先生 均初來

十三日丁亥入直 開發同遠節禮 范持九、姚步垣、辛芝來

十四日戊子入直 許師未到於內閣見之 訪單地山 周載杜許師安道郎

敬 丁涵齋來

十五日己丑入直 許師未到 居陳緑樵 象沛

賞西瓜三个 果子三盤 月餅三盤

十六日庚寅入直 辛芝悸已

十七日辛卯入直 雨竟日 均初來

十八日壬辰未入直 宗人府考供事同治貝勒不初到劉閣訂散（杜請託以端楷進呈） 半夜雨

十九日癸巳未入直 宗人府供事筆試 辰到午散

二十日甲午入直 辛芝來

廿日乙未入直　許師未到　顧用甫綬居誠内　俞伯笏庭來

廿一日丙申入直　許師未到　用甫招許師同興樓　陳蕃頤來　寶生來

廿二日丁酉入直　許師未到　以黃孝侯函及御製集交郭太史送矩

廿三日戊戌入直　以鄭小函黃孝侯王靜盦信付袁氏車　張雲衢來　今遣原名瀚果夫

廿四日己亥入直　許師未到　辛芝來　用甫來

廿五日庚子入直　許師未到　辛芝閑邵文昌做

廿六日辛丑入直　許師未到　訪石夾卿辛芝　自中秋後信均屬徐亞陶寫

御訴生來

廿七日壬寅入直　許師未到　錢九來

廿九日癸卯入直　許師未到　訪辛芝　文蔚伍高刻王平子詩　玉卿士來　均初來

三十日甲辰入直　訪辛芝　康芝山來　應鳳

壬戌

九月朔乙巳入直　許師未到　訪辛芝不值　辛芝張爾遴來　碩卿均初來

初二日丙午入直　在內閱醴泉銘雲溪跋　成邸跋　四明雨以詩記　皇甫碑　聖教序王孝禹　蔣杜存　李世倬跋　鍾王樵　曹信國　沈以恢跋

初三日丁未入直　許師未到　晉唐小楷成邸部摘不破　椿九來　同錢以策去

初四日戊申入直　許師未到　送丞許師　訪辛芝小山　辛芝毓宗來

初五日己酉入直　許師未到

初六日庚戌入直　至飯勝東山　碩卿均初來　同丹初臣

初七日辛亥入直　許師未到

初八日壬子入直 許師未到 賀李村子滿月 訪藹青頌卿 拜芝山未晤 許師送東庫帖 田李未宋拓也

初九日癸丑入直 孟均初來 侍從又雪 竟日不至 沈守之先生來書 訂後大川寄 茲為作子青書

先妣汪夫人忌辰

初十日甲寅入直 武梁祠三[illegible]拓本 觀高松米拓[illegible]十二[illegible]荊川本[illegible]

十一日乙卯入直 以蓮子青書交袁氏二本

十二日丙辰入直 許師未到 賀呂九霞祝椿 南學訪辛芝

十三日丁巳入直 許師未到 訪辛白

十四日戊午入直 許師未到

十五日己未入直 許師未到 頌卿來

十六日庚申入直 光祿寺值日 彭福孫夫人開弔 在長椿寺

十七日辛酉 入直 許師未到 派出定陵謄牌三分之一 瑞常 孫葆元 學桂 羅惇衍 中堂 吳丹林 存煥 瑞師留談 上書 起未晤 許師招來興 鮑步垣來

十八日壬戌 入直 許師未到 訪辛芝 過華村 與兄葛壽研 留之三日

十九日癸亥 入直 許師未到 派西東河兩神廟恭付永修面 補繕 文宗顯皇

帝御製詩文庫本畢蓋進

二十日甲子 入直 許師未到 宗人府帶領引見一名黃家相 發下皇朝兵志國史館 出文開繕公校 辛芝桂岑來

廿一日乙丑 入直 訪硯卿 均初來 李村來

廿二日丙寅 入直 許師未到 訪少閔 均初來

廿三日丁卯 入直 許師未到

廿四日戊辰 入直 許師未到 濟生來

廿五日己巳 入直 許師未到 辛芝來

廿七日庚午入直 許師未到 許生來

廿八日辛未入直 訪均初碩卿 送慰仙行 撫九來 慰仙來辭行

廿九日壬申入直 許師未到 訪華坨翁 辛芝來

卅日癸酉入直 許師未到

賞燧桂貂年

十月朔甲戌入直

初二日乙亥入直 許師未到 訪郁白均初

初三日丙子入直 許師申到 均初來 武會狀黃大元

初四日丁丑入直 許師未到 許師來 西陂八太太 寶笙辛芝來

初五日戊寅入直 許師未到 招門人陳春祺康縉陸爾游 鄭森柏謝驥薛諒於家 和師招仙城館同許師風首

沐外校痛

初八日己卯　入直　許師來到　余生日　招亞陶、小廷、子森及諸兄弟於時年

初九日庚辰　入直　許師未到　殷亭芸舫中　陸小嘉來

初十日辛巳　先祖妣太夫人生忌　入直　許師未到　小山　晚　薛小山來　鍾思實之門人朱寶珊太守以鑑康福辛卯六十芸未

十一日壬午　午刻入直　許師未到

十二日癸未　入直

慈禧皇太后萬壽　長信門行禮　衛靜瀾來

十三日甲申　不入直

十四日乙酉　卯刻行　柵欄店尖　住燕郊

十五日丙戌　丑刻行　段取家嶺尖　住薊州

初九日丁亥　詣馬神廟住隆福寺同務府科房　晤郎中田師竹季瞻二兄
郎中阿爾薩蘭　廓以(豐大)　堂主子恒(述)　英國　松仰(士)　景曉　宗琳(以二)　昆圃
均來並送菜　譫郢勤以勤遣人來並送菜
初十日戊子辰初
文宗顯皇帝昭安殿行釋服禮　禮畢即詣薊州住棗林(三河)
十一日己丑子刻行　夜大雨過爾(丁)漫　西不見人　夜行午至詣桐欄
店　申刻還家
十二日庚寅　味雅　松田　均庭　玉甫　子英　柳岩　玉森　周甫來
十三日辛卯入直　見(以膺)趨後　許師來到　方森甫　辛農來
命　光禄寺值日　答(謝)以坡　松元甫　田季瞻

十九日壬辰入直　許師來到

二十日癸巳入直　引見時晚

安

訪均初、硯卿　答靜閣

廿一日甲午入直　許師來到　張小蓮來辭行　竹亭來

廿二日乙未入直　許師來到　文昌館硯卿開印　蔡同春來　許師來

廿三日丙申入直　許師來到　小蓮生日請飲竟日

廿四日丁酉入直　許師來到　椿師來　為小蓮祝留飲　遞封奏一件奉

上諭寶庫胥吏不如改歸著傳旨嚴行申飭欽此

廿五日戊戌入直　許師來到　康芝山來　許涑文、揩目、極齋、筠莊、沐生、都士、芸山、吃里生　樗甫

廿日乙亥 直 諸師未到 王李孫庭楨來 良孚來

廿一日丙子 入直 光祿寺假口 許師未到 賀許師公重送莊相國首出假 露

廿二日丁丑 入直 諸師未到 寫內廷貼落畢 甚多 賀許師谷長樂初 邢卿芬李村來

養心殿平安室殿內明間南墻門口上向北 橫 白絹 宋蔡襄子上殿劄子 君道之大 至 輔養聖心

東間西墻門上北邊 直 漢黃霸 漢班固東都賦 是以四海之內 至 遂除之富

殿內西裡間南床西墻 直 白素繒 漢王褒聖主得賢臣頌 至 聖主必待賢臣 至 [illegible]世林

殿內東裡間南床東墻 半方直 泥金絹粉 真跡 送大學衍義表 至 [illegible]

殿內西間西墻 顯武門南邊 白絹 字未 修德右大寶箴 至 [illegible]精 至 禮神於

綏履殿內東間西墻門南邊 黃鑲紙 蘇軾進陸宣公奏議劄子 至 [illegible]用人聽言

殿內明間西墻門南邊 藏經紙 條 書植之 世有 [illegible]

養心殿後殿 體順堂 殿內東廊門上向西 黃紙 橫 朱子敬齋箴 正其衣冠 至 [illegible]

燕喜堂 殿內北廊方窗東邊 絹本 條 呂祖謙周師氏職 時維師氏 至 [illegible]全

養心殿、泳殿、依芳高殿，由西清門上，兩東黃布字斗，下接貞舟高殿。念

養心殿、綏履殿，由西間北唐方案兩邊七丈雪，宜麗芳慎二尺年

吉雲深護九如杯

五言六首 克勤四句讀

無逸齋臨詩

廿九日壬寅 入直 許師未到

賞哈密瓜 訪均初不值 賀鍾笙揆岳 李雨崖 庄森來 橘之凡

三十日癸卯 入直 許師未到 許子涵來

十一月甲辰 入直 許師未到 寄鶴衙 顧俊琳來 華村言之來

初二日乙巳 入直 許師未到 訪均初、遇幸之，同瑞南寶笙耘甫西庵藤齋

許生仙蓀集陳文家 荀庭來

初三日丙午 入直 許師未到 茗生來 儁足

初四日丁未入直　許師未到（梁檀浦梁敬叔智士招諱之）閱官軍十月廿六日收復蘇州　汪姑母十周年　玉林芾村在西方丈禮懺前往行禮　二仙散誕　碩卿諸君同席　叔平辛芝来

初五日戊申入直　許師到　光禄寺值日　苗逆伏誅　四城以道員記名簡放　周小棠辛芝鮑小山来

初六日己酉入直　許師未到訪辛芝不值　裴石林䕫来

初七日庚戌入直　許師到　辛芝来

初八日辛亥入直　許師未到　訪辛芝

初九日壬子入直　許師未到　至長椿寺彭文敬周年　辛芝来　遇賓来

初十日癸丑入直　崔羽堂銀信面還周小棠

賞冰魚　許師到　訪濱石　小棠来　均初来

儀秀宮貼落一張 敬書崔瑗坐右銘

十一日甲寅入直 許師未到 到光禄寺署 冬至祀先

十二日乙卯入直 許師未到 柳荃鳳對留飲 芍庭來

十三日丙辰入直 許師未到 柳荃鳳對留飲 毓洛來

十四日丁巳入直 許師未到 濱石仍入直

十五日戊午入直 許師未到 賀濱石 訪南卿 辛芝來

十六日己未入直 許師未到 搏九 南卿 辛芝來

十七日庚申入直 許師未到 訪辛芝 泝生來

十八日辛酉入直 許師未到 伯芳 碩卿來

十九日壬戌入直 許楊未到 訪辛芝不值 華友竹鑒來 夜再訪辛芝

二十日癸亥入直　許師未到　訪辛芝　辛芝來

二十一日甲子入直　許師未到　周蕉園爾堯來　南卿來

二十二日乙丑入直　許楊俱到　訪仲人修伯　駕航來

二十三日丙寅入直　許楊未到　祭翁文端　訪均和碩卿子嘉不值　辛芝潁石來

二十四日丁卯入直　許師未到　宗人府帶引見二名　碩卿來

二十五日戊辰入直　許楊未到　恭書

養心殿等處楣眼集錦廿三件進呈　計共八十七件

二十六日己巳入直　許師未到　欒以紱來

二十七日庚午入直　許楊未到　賀杜師之世兄完姻並祝　訪涑文遇仁師　辛芝來

二十八日辛未入直　恭代

御筆福字一百六十方壽字三十二方進呈　秋泉來
二十九日壬申入直　許楊未到
命擬平安室十二字中字兩五言七言對聯許底　子嘉、蓴生來
十二月乙丑癸酉朔入直　散後光祿寺京察過堂　慕杜、芍庭來
初二日甲戌入直　許楊未到
慈禧皇太后賜福壽龍虎字各一方又　涑文、慕杜、芍庭、蔭伯來
賞大卷江綢袍褂料各一件　祝周師壽　中州館焚屋三間即滅　辛芝、張鴻來
初三日乙亥入直　到署折　京察封　蒓客來
初四日丙子入直　楊未到
命擬綏履殿平安室鍾粹宮儲秀宮春帖等件　小汀師壽　李村、辛芝來
初五日丁丑入直　引見時碰頭謝
恩
命篆寶樣八件呈進　寫春條挂屏各二件呈進　宗人府京察過堂
初六日戊寅入直　添寫平安室春條挂屏八件呈進　許楊未到
慈禧皇太后御筆蘭竹命題七律一首　辛芝來
並擬四字

初七日己卯入直　添寫鍾粹宮春條掛屏四件呈進

賞秋餅三十五个　郭森來

初八日庚辰入直　許楊未到　高小坡彥沖來　鈞坡同年子也

初九日辛巳入直　許未到

命寫扁四面底子　珊士來　詣辛芝不值

初十日壬午入直　許楊未到

發下國史館書八本　賀用甫生子　松庭陸母舅周年在龍泉寺

十一日癸未入直　許師未到　詣辛芝　辛芝來

十二日甲申入直　楊未到

命寫扁十二面底子　夜詣辛芝

十三日乙酉入直

命擬四字扁三十二面並寫底子　郭森來　辛芝來

十四日丙戌入直

命擬養心殿三字四字扁各二面七言對二付八字斗方一面並寫底子

賞御筆福壽各一方字逕三寸許　碩卿來

十五日丁亥入直　許未到　進呈寫件

賞黄羊 至長椿寺彭父殷明日葬也 辛芝來

十六日戊子入直 進呈寫件畢

賞福字引見時碰頭謝

恩 訪若農，雨甫來

十七日己丑入直 許楊未到 訪子嘉 辛芝、若農來

十八日庚寅入直 許師未到

賞魚一尾、山雞四隻 過年敬神 董硯秋、挹辛之 碩孳熙來

十九日辛卯入直 許楊未到 訪碩卿、均初 竹如、芾村、子嘉來

二十日壬辰入直 許師未到 晤於閣

慈禧皇太后賜居安資深四字匾一面 春帖子

賞福方十張、各色絹三十張、湖筆二匣二十枝、硃墨一匣八錠 年例

賞大卷江綢袍褂料各一疋、帽緯一匣

命書綏履殿對五言一副、黄蠟箋 恭代

御筆進呈

慈安皇太后福禄壽喜匾 自造款

二十一日癸巳入直 楊未到 芾村、辛芝來

二十二日甲午入直 神武門碰頭謝

恩 均初來

二十三日乙未入直 許師未到

賞黄米糖 祀竈 周介堯、鮑步垣來

二十四日丙申入直 師未到

賞大卷袍褂各一連、帽緯一匣

二十五日丁酉入直 同鄉謝恩 若農來

二十六日戊戌入直 懋勤殿跪春 賞香橙 招若農益甫菱夫均初小宜摶九飲

二十七日己亥入直 賞荷包貂皮二个手巾二个 恭代 辛芝 汴生 蘭石來

御筆進呈

慈禧皇太后福祿壽喜扁 邊款 次日傳旨補寫 子臣 御名 敬書 六字

二十八日庚子入直 寅刻進內

上諭 太廟出乾清門時侍班 四時磕頭謝

恩 賞荷包四个 得麅鹿賞

二十九日辛丑入直 楊未到 載瑞全朱師霽送節敬 珊士來

三十日壬寅入直 許楊歐均未到 許杜周賈師 翁師母霽送節敬 田逢年送

誥軸來

夜接竈祀

先

潘祖蔭日記·光緒七年

（清）潘祖蔭 撰

光緒七年辛巳日記

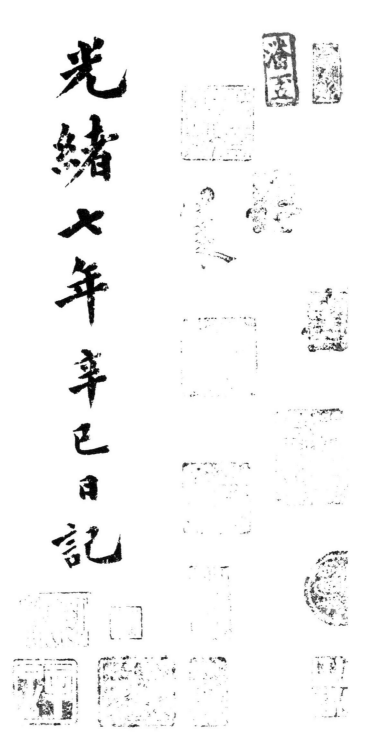

光緒七年辛巳正月庚寅朔甲子
關帝廟前門
關帝廟拈香 辰初
慈寧門行禮 辰正二
上御太和殿受賀 寅初惇恭醇軍
機翁公閱曾電一復一件
懋勤殿開筆
兩宮皇太后
上前遞如意三柄回

賞
拜年未初二歸 軍機招辭
都察院辭 秋審處辭
初二日乙丑入直 孫徐未 拜年數家
到署 文孫到 夏稚黄廣安
初三日丙寅入直 徐未 申沈經笙 奉
上諭著充國史館正總裁欽此 經伯來
初四日丁卯具摺謝
恩
懋勤殿跪春 日本田邊太乙書撫署

於除夕送來本日函文總署　樊園
雪莊竹軒蓮舟未至夫可齋　施之博
廖壽豐來　晤提調　胡來
陸學源來　大風
初五日戊辰入直
派寫
皇天上帝神牌
賞春帖子賞　夜大風　未平來
初六日己巳入直　未平屬擬一文

午刻送去　晚風　馬來　風

初七日庚午入直　到署　今年裔冷

得十二月初四十二日四叔濟之竹年信

即復又弟卿偉如信

初八日辛未入直　送楊蓺芳五十幛對

福壽　濟之四十十七色色文楊蔭北　馬來

初九日壬申入直

上諭　得鶴山信並劉道鄉林　名勞求劉二

太廟乾清門侍班　補褂常服　備來平

河景居

奏進陳奐毛詩傳疏文南書房閲看
候蘭蓀來。
初十日癸酉入直 拜年 摠署外國
來晤 英威德巴法寶美安俄凱
日阿日本田邊來 未正二散
十一日甲戌入直 宗培松宝面稟 發下
李劉張裕穆何勒吴譚摺三郎公閲商
復奏稿 風 宝森不感 南齋復奏奉
上諭等因欽此 殷秋樵來

十二日乙亥入直　繕覆奏片　辰初退

以寄南果子膏山查糕交敦季和　李

来廿　殿秋樵来　發南信

十三日丙子入直　到署

派寫甘肅肇昌廟扁　春圃招同李景

王甲散　楊蓉北赴津

賞香橙

賞元宵　十五安徽團拜辭

十四日丁丑入直　平治三月勒　吉雲舫

滂喜齋

來　李來　馬來　沈謚文定

十五日戊寅入直　辰正

保和殿侍宴　蟒袍補褂　巳初散

發南信　濟之　軒庭　麟生　偉如　荔卿

柳門　午後風

十六日己卯入直　壹天　午正同下　日

乾清宮廷臣宴　寶　全　靈　景　恩　廣　文　瑞　志　萬　董　徐　李　潘　翁　毛　賞蟒袍

大卷鼻煙如意花瓶風　盤子二兩　送席

四叩　復譚文卿　馬來

十七日庚辰入直　午初大風　胡來

十八日辛巳入直　到署　文誠班代之

冷

十九日壬午入直　到國史館任

卯刻到署開印　馬來　十

寶森來

二十日癸未入直　壺天　到署

馬來　廿

二十一日甲申入直　到署　敬誠班

上
祈雨　壺天　晤蘭蓀
二十二日乙酉入直　壺天　公同閱看
曾十一日電一復一片　到署　文未
到　得濟之廿三信即復并致笙齋眉伯
文仲田簀竹庭葉選二部請雨祈雨伐
蛟各十部
二十三日丙戌入直
派寫直隸武强
關帝廟匾　上庫　到署

二十四日丁亥入直到署　星岩招

二十五日戊子入直寅刻雪珠壺

到署　松未到　刑加班　風

二十六日己丑入直壺　到署

偕諄醇翁連銜封奏一件

二十七日庚寅入直壺　到署　松未到

發南信麟生偉如愉庭

二十八日辛卯入直壺　到署　文孫未到

朝房晤季皋　交還國史館

本紀卷四十七至五十四共八卷　胡來

二十九日壬辰入直　壺　到署

贊李高　總理兵軍機　總署　雪酉正止

得振民信

二月辛卯朔癸巳入直　卯正二

坤寧宮吃肉　壺　到署　孫先行　芍庭

寄陸祁生集即復文仲田

初二日甲午入直　壺　到署　文來到

巳初大風

初三日乙未入直 直日 到署 薛未到 上庫 已刻散 寄濟之偉如 振民信 方元仲来

初四日丙申入直 壺 到署 風冷

初五日丁酉入直 三王樞廷 翁同議球案一片又左說帖一件 壺 到署 文東陵 盛京李永智一案 刑 卷宗到部 即派司員十人 喜吉廷鍾鳳 楊劉殷趙徐

季高、芥帆來。送元仲、芥帆屏聯。

初六日戊戌。入直。壺。到署。胡來。

初七日己亥。入直。壺。到署。連日冷。

寄濟之、偉如、麟生、第卿、振民信。

初八日庚子。入直。壺。到署。會法鐘、

稚泉、鳳輝堂。滌來。殘陶六十，直十金。

仍冷。聯少甫、陸鳳石來。夜雪。

初九日辛丑。入直。壺。到署。松未到。

胡來。秋樵來。

初十日壬寅入直 刑加班

派驗放 壹 到署 敵該班 庚子萬董

團拜餞之 復王補菴 衮孫來

十一日癸卯入直 直日 壹 到署

佩卿來 胡來 刻字鋪 百五 復文卿

十二日甲辰入直 趙清韶到案 吉宗賽 穆 棠 濮 劉 殷 方 孫

上祈雨大高殿 壹 到署 文到京

蘭蓀來 夜大風

十三日乙巳入直 鶴師家吃肉 同襲卿

济生達峯　晤愛丛一爻到京　風　馬來

十四日丙午入直　刑加班李永智復驗一摺

上諭等因　壹　到署　松未到十五丙午團拜未去

十五日丁未入直　壹帖　到署　馬

來

十六日戊申入直

派恭代

御筆心經　壹帖　到署　松來到　孫來

十七日己酉入直　壹　到署　孫來

馬再來
十八日庚戌入直 壹 到署 李永昭
眾人證廿一名到部 得濟之正月
廿五日書即復 孫來 馬來
十九日辛亥入直 壹 到署 薛請訓文
來到 施廖雨提調來
二十日壬子入直 到署 答星岩壽泉
手授予齋雲宿受之辭者龍卿 申初
散

二十一日癸丑入直　停差　公同閱看曾電二件一夏一片　壼　到署　薛是日行　文未到　謝惺齋　吉雲舫來　換灰鼠褂

二十二日甲寅入直　壼　到署　文未到　寄濟之果子膏奶子共三匣　寄振民坑塔頭杏仁冬菜口蘑二色　文鳳石托雲台之子晉生寄

二十三日乙卯入直　茶差　公同閱看曾電一件一夏一片　壼　到署　孫未到

二十四日丙辰入直　國史館奏事　壺
到署　敬差　廖國士來　馬來　復續廷
二十五日丁巳入直　壺　送左書　到署　松
未到　廿四己酉團拜未去　復濟之
二十六日戊午入直　壺　到署　會法　崇
許　謨蘭蓀不值　送雲階、小閣子授
津門魚蝦　薛到京　換銀鼠袖頭
二十七日己未入直　公同閱看曾電一
電一復　壺　到署　文松差　正班

二十八日庚申入直　上庫　到署　孫敬
來到　壬子團拜　到文昌　復撝叔
寄以書八種　交方祖緌寄　復桂
文圃寄屏聯
二十九日辛酉入直　壹　到署
三十日壬戌入直　換羊皮冠絨領
派閱孝廉方正卷卅四本　景錢　辰初散
壹　到署　紹彭來
三月壬辰朔癸亥入直　到署　偎來

松孫敬薛招聚豐 崇錫到文班
得南信復四妹濟之祝年偉如麟
生
初二日甲子入直 上壼 到署 松來到
上
新甫馬來
初三日乙丑入直 上庫 鍾泰 到署 文松
來到 孝廉方正孟晉璜來 號汲修蘇來
初四日丙寅入直 壼 到署 松本到
江佐清 北樓來 換氊冠 月白絨領 棉袍褂

初五日丁卯入直 到署 文未到 松假 壹

胡孫来 助袁民章之子櫃百金 交雲階

初六日戊辰入直 夜微雨已初止 清明

上詣

奉先殿

壽皇殿致祭惇恭 壹 到署 孫来六十

寄魏稼生輿地碑目古泉叢話 文子授初八 沙南碑釋匽齋別錄東古文存

復芍庭寄偉如文仲田

初七日己亥入直 風冷 到署 文未到

殷秋樵来 李永知兄永黻自畫 奏加班

初八日庚子入直 到署 文未到

蘇來 馬來大衍清完 夜狂風冷

初八日辛丑入直 加班 到署 文誠班

孫來 胡來

初十日壬寅入直

派驗放 到署俱未到 受之龔卿招

復濟之 偉如 麟生 平齋 孫來大衍

胡來

十一日癸酉丑初驚悉 摘纓

慈安皇太后於昨戌刻上賓

命惇醇御前軍機毓慶宮南齋王
大臣至
鍾粹宮哭臨未刻行
殮奠禮　亞陶來談
慈寧宮門內行禮未成服
十二日甲戌入直巳成服早祭辰初一晡
祭申初三日中祭午初三　到署松未到巳出
寫扇卅柄　亞陶來　風冷
十三日乙亥入直　到署　三祭到　風

洽
派百日穿孝共三十一人
十四日丙子入直　到署　三祭到
寄濟之詩選四部麟生六部文培之
風　孫來十膽之
十五日丁丑入直　到署　三祭到
風　扇百十柄在內書　夜招盈陶
十六日戊寅入直辰刻
殿奠礼後早祭　上庫　到署滌松未到　午祭未

到。晚祭到。亞陶來訪。復節
卿文仲田風。發濟偉信。夜電
公司閱電。醇王未到。一片無復。
十七日己卯，入直。上顧料庫。到署。
孫松、薛未到。午祭未到。亞陶來訪。
筆彩、樊來。
十八日庚辰，入直。三祭到。得匡齋信
並封拓，廣生帶來。巳刻至內閣
會議。

大行皇太后尊謚蔭与龢力言貞字宜首列　樊来

十九日辛巳入直　到署（薛孫未到）三祭　到　樊来　亞陶来診　扇四十柄

二十日壬午入直　卯初奉移觀德殿辰正景山後東北隅跪迎巳初二宮門內行礼（文敬松孫未到）　亞陶来診

王廉生来　得眉伯信以濟之等信件屬向通州吳君取

滂喜齋

二十一日癸未入直　福孩助東邊一千　香詩交秋坪　早祭到　到署　文松來到　送廉生以所刻書各四分　二分　會奏上

尊謚　寄壽卿匋拓八百九紙又增古器四種　獻遊集一　文東甫　雨即止

二十二日甲申入直　卯正二　早祭到

上詣觀德殿侍班　到署　夏苛庭葉詩選十部　石查又花農信

胡崔來

二十三日乙酉入直　早祭到　到署

松來到

二十四日丙戌入直　早祭到

派寫四川南部縣　復方元仲　胡來

天后龍王城隍廟三面外正　廣生來

上詣觀德殿侍班　復楊見山　夜大風

二十五日丁亥入直　早祭到　到署

次日換季　蘭孫來　馬樊來

二十六日戊子入直卯初二
上詣觀德殿行初祭禮辰初早祭 到
署 少荃來
二十七日己丑入直卯正二 繹祭早祭到
答少荃 到署 潘協卿來 胡來
二十八日庚寅入直卯正二
上詣觀德殿行大祭禮辰初早祭
到署 陰而不雨 得芳泉王忠廕
來文致芍庭 崔來

二十九日辛卯入直 卯正二繹祭 早
祭到 到署 文未到 寄濟之信
馬樊來 夜亥正雨
四月癸巳朔壬辰入直 雨不止 由
神武門北上門至觀德殿 到署
雨仍未止 夜雨
初二日癸巳入直 上庫 到署 松未到
雨 致偉如文仲田 夜雨 胡崔來
初三日甲午冒雨入直 仍由北上門赴

早祭　到署　孫未到　孫来

初四日乙未入直　晴　早祭到

到署　孫未到　崔来　孫来　吕望

初五日丙申入直　早祭到

上詣觀德殿　雨　即云初七換紅帽圈

到署　松未到　得濟之、偉如、振民

三月廿二信　即復　王振鎬来

胡来　崔来　文管先生名烈棻号壽鉊寄濟之葉選六部

初六日丁酉入直　早祭到　辰初雨即止

[illegible]

立夏

到署　送篁君食物前數日送墻之之食物
初七日戊戌入直　交王頌蔚寄濟之書十部
派寫　先歟文聯少〻甫〻六月八行也
天壇神牌　早祭到　除百日釋服者皆釋服
雨[illegible]熱　青長袍褂　到署　馬來　大衍
崔來　易笏山來
初八日己亥入直　招廉生飯　王筱
雲貽清來　胡來
初九日庚子入直　小雨自夜達旦　到署

文來到　韓少甫來交以譚德孫孫及

孫歡伯書件及信　馬來　崔來　耳順

孫來　孫來　孔懷民寄單烟四刺

初十日辛丑入直　外初二

上詣觀德殿行禮　辰初早祭　到署

巳刻陰雨　寄丁少山信

文灼軒　蔀濟之偉如平齋信廿拓

施濟航來　申正二雷雨　送涂朗軒畫

十一日壬寅入直

上詣觀德殿行礼辰初早祭　青星
農師自刻書及拓本交陸蔚庭
龢来
十二日癸卯入直　直日　到署　秋審
第一包　張鵬翥来　寄沈
孫幼軒　方正武從趙来　馬相侯
芋英来　廿本付
十三日甲辰入直　到署　第二包
胡雀来　亜陶為大人謁　孫来

十四日乙巳入直 發下曾摺二捻摺片各一條約正本一冊地圖一分縮本二張公閱復一片 昨午黃二由宗人府送 會法 夏恩 子授戶右 廣生來 崔來廿 鄭仲遠來 滌來 三包

十五日丙午入直付桂 到署 夏未到任 得偉濟信 即復 初七所發 胡來 廿 第四包

十六日丁未入直 刑加班 會摠著

奏俄約章封奏　到署　文來

第五包　崔帶人來戴一磚三塼上

蠟　馬來四十　廣生行

十七日戊申入直　會吏戶一件

上詣觀德殿辰初行礼　到署

第六包　上蠟日餘三千　得尹次經

文物軒　孫胡來　樊來

十八日己酉入直　到署夏到任

第七包　史館河渠志四本　壽泉來

廷壽峯愷來　樊來　批准

十九日庚戌入直　予授順與學

到署　第八包　樊來　復芍庭一函

仲田

二十日辛亥入直　到署　第九包

少伊寄榕村全集文　周道懋琦

周送陸潽齋刻贊畫　云是晴初偉

如門生　孫來函　周星詒韓侯送以贊書

廿一日壬子入直　到署　寄清卿拓

寄言一張

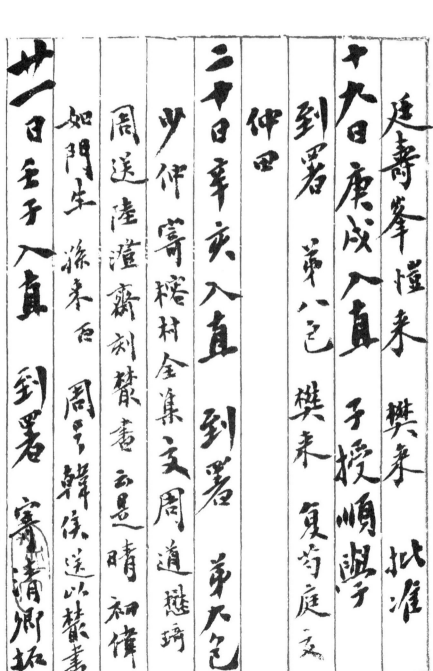

滂喜齋

及書覆康民　弟十包　蘊宝介祁
瑞茀来　笋穗来　遂爵　宝森来　程雪樓六十　手付
康民緝廷書五種及信　与吳同無拓　大風
發濟偉信　微小雨
廿二日癸丑入直　到署　文来　十一包
崔来　蘊宝張来
廿三日甲寅入直
詣觀德殿辰初行礼　上庫巳正到
工
署同人已散　十二包　蘊宝来

劉蘭洲璈來

廿四日乙卯入直　到署　十三已

雨　得四叔濟之偉如信即復

崔來　致芍庭信文頌田

佩卿來

廿五日丙辰入直　十四已

派驗放　到署　復于鑑堂

崔來大易釋言百廿十　詩外傳國榮右十　因銓

百信促錢云遲一日償　易識還之　筆彩方鼎卒　敦叔孫父乙卒十

罷議不准再提　孫來還五十（欠五十）直盖還之風

廿六日丁巳入直　到署　風　十五

包　蘊宝張來　寄[illegible]文[illegible]

廿七日戊午入直　風冷　到署　文未

十六包　三庫奏事

廿八日己未入直　刑直日　仍冷　到署

文未到　十七包　蘊宝張來

二十九日庚申入直　卯正一

上諭觀德殿　卯正三隨同行礼

到署　十八包　杜紹唐培安来

蘊寶張来酉五　子授来

三十日辛酉入直　到署　葉濟偉

信　張来　胡来卣酉　十六包

五月甲午朔壬戌入直　到署松來到

胡来　送王鍾山瑜国杜培安對

洗覧本書　筆彩　胡来　二十包

初二日癸亥入直　内廷賜端節賞並

帶子授者　到署　文未到　廿一包

馬來拓本古泉俱還之　笙穀縕
宝來　馬松圃送鰣魚
初三日甲子入直　復徐巽卿
到署　縕宝清笙彩　自帶回
蒓客荃門人徐古香萬振卿
各札四色寫賓扇也　胡來百
復次經信文　秋宋無
初四日乙丑入直　到署　上庫
廿二日　經伯廿刀　瑞符十刀

得四弟濟之振民廿七信即復
周韓侯來　崔來　寶森來四十
初五日丙寅入直卯初二　連日溽熱
上詣觀德殿端陽祭卯正三刻祭
還宮侍班　微雨　到署俱未到
送小山龔卿詩扇以奉使朝鮮也
寄偉如文頌田　以書十六種送周
韓侯
初六日丁卯入直　直日　奏審限奉

上
諭等因欽此 廿三日已 胡來 清
舒世琛 裕壽信
初七日戊辰入直 到署 沈退菴
守謙來 承厚 施啟宗來
夏芍庭 即文仲田 提調廖穀似小雲王來
室森來 酉初雷雨即止 發南信
初八日己巳入直 到署 筆彩鼎鈞來
胡舒來 廖王提調來 施承來
初九日庚午入直 到署 手復

龐省三　寄文

廿四包　王蓋臣忠廉来

初十日辛未入直　青長袍褂　卯初三

上詣觀德殿滿月礼及早祭　仍縞素

来回侍班　到署　松木到

發濟之偉如振民信　蘭蓀来

十一日壬申入直　青長袍褂

上詣觀德殿　仍縞素来回班　到署

廿五包　樊来　崔来

十二日癸酉入直青長袍褂換亮紗
派寫遵化州扁三面本紀式秋坪商
到署 崔來
十三日甲戌入直寅正
上閱
冊 到署 雷殿來 陳硯香來
寶巳初
工詣觀德殿上
孝貞顯皇后尊謚青長袍褂摘纓

復侍年謙洋鍾太嚴

十四日乙亥入直　寅刻雨　直日

到署　文未到　廿六包　雨竟日

十六日發南信　雨竟半夜

十五日丙子入直　風涼　到署　廿七包

王達五振鎬來　筆彩來

十六日丁丑入直　請　時卯正矣

文宗本紀於乾清門階下文捷調麼

到署　會法　鍾佩　文未到　夜雨

十七日戊寅 入直 加班 卯正三 雨
上詣觀德殿隨行礼 朝房見子授
到署 文敬未到 復撝叔寄以書六
種文 許繹知縣
十八日己卯 入直 到署 子授來
共六包 得偉如濟之仲年信廿
日復 崔來 頌濤閣學
十九日庚辰 入直 到署 敬未到
二十日辛巳 入直 加班三件

到署　廿六包　松楚衍来
二十一日壬午入直　到署　夜雷雨
寄次經文姊
二十二日癸未入直　正班　到署
卅包　七本
二十三日甲申入直
派
寫
皇
地祇神位
上
詣觀德殿隨行礼　上庫　到署　俱散

得文卿中丞、花農書　筆彩撰

雀来　雨　夜大雷雨　送劉蘭洲書

二十四日乙酉入直　到署　及扇對屏

還寶森、梁萓林書四種　復知無

文仲田　復文卿書七種　復花農

松壺集五本　原作个舟　王寯頤来

原名冢志五子墓山西縣　寶森来

二十五日丙戌入直　到署　夏来　廿一

包七本　發南信　濟之、偉如、竹年

二十六日丁亥 入直 到署

得濟之十八信 即復 得平齋信

二十七日戊子 入直 到署 閱吉詳會

法 崇恩 夜雷雨即止

二十八日己丑 入直 到署 卅二包

慶王提調來 夜雷

二十九日庚寅 入直 與秋坪面商

進本紀事 卯正 微雨

上詣觀德殿隨行禮 到署

樊來 酉 午後雷雨 寄濟之復
平齋墳招五新得器五招
六月乙未朔辛卯入直 書結李永智
派驗放 到署 卅三包
王補菴來 丑正三有星見東北方
胡來
初二日壬辰入直 到署 星仍見
樊胡來
初三日癸巳入直 到署 星仍見

測星見東北方

滿提調恩典〻陞來青士來以腹疾未見　星仍見司天始奏

初四日甲午入直　卯初上庫　到署

發南信　夜雨

初五日乙未入直　到署　加班四件

到史館秋審繳公商巳初二也

卅四色〻本　周芋玉來　夜雨〻止星仍見

初六日丙申入直

上詣觀德殿隨同行禮　到署

卅五包五本　胡来　濟泝卿信

濟伯昆信　星見愈高

初七日丁酉入直　到署

派

恭代初九日

御筆心經　侯蘭蓀　樊来　宝森来

申初欲雨即晴　星見

初八日戊戌入直　到署　趙香圃

来又銘孫　宝林来　星見

初九日己亥入直　直日　到署

廿六己六本 寄濟之信復伯足濱

卿

初十日庚子入直卯初二

上詣觀德殿隨行滿月禮及早祭

派驗放 到署 松未到 得次經十八

廿五信復二九之文幼軒 星見

十一日辛丑入直 到署 送幼軒四色

十二日壬寅入直卯正

上詣觀德殿隨行禮 到署 廿七己

派本

得濟偉麟生信即复再致簡卿
爲調生詩也廿五滿漢提調來　羣見
十三日癸卯入直　史館奏本紀事
到署已散偕芳齋同散　會法
含英筆彩　室森來
十四日甲辰入直
寫安平縣扇三面　史館繳
紀二函　到署文末
十五日乙巳入直　到署　酷暑

廿八包 文本 訪蘭蓀 樊來 夏芍庭 寄合肥文補菴

十六日丙午入直 到署 晤蘭蓀 胡來 酷暑

十七日丁未入直 直日 到署 酷暑 發南信（十五 十二）申初陣雨 寶森來

十八日戊申入直 卯正

上詣觀德殿隨行礼 到署 廿六包

入本 胡來 戌初雨至丑正止

十九日乙酉 入直 寅正

上詣觀德殿行百日禮 釋縞素雉髮

到署 俱未到 青士來 寶森來 卅

夜雨

二十日庚戌 入直 館奏事 刑加班

到署 少甫來未見 夏王符五

徐花農 筆彩百大衍 以百八五

胡來 七十欠百三

祭

廿一日辛亥入直　到署　四十
乞七本　胡來大衍
二十二日壬子入直
派寫薛福辰等扁
國史館演禮　散巳初　到署俱散
復尹次經初八信　交幼軒
二十三日癸丑入直　到署　文未到　文約
廿四吃肉餅之　得濟之信即復
致尹次經文提塘　筆彩來大衍　又白卅五

二十四日甲寅入直寅正進
本紀至　進賀叔　復廣生交香濤
乾清宮補褂掛珠緯帽藍袍卯初散
到署　俱未　四十一包五本
滿漢提調來　孔到京
二十五日乙卯入直卯初一直日
坤寧宮吃肉蟒袍補褂
派恭代二十八日　孔帶南信到復濟之振民
御筆心經　到署　復仲飴文庚生

得次經書皆复 蔣文恭手拓五盾川伯四 諸两經四種宋吉文存有真

意筆記 揩雜医齋別解四卷 田公德跋紅星綠宿本 邢安集 朝卷上字大本

二十六日丙辰入直辰初 朱虞冒領良業 吉吉一宗 鍾鼎秀撰 股趙方

上御乾清宮受礼 補服 到署

復經 又寄次經金文鄭軒

甘經未 八春芳金胡來 甲

二十七日丁巳入直卯正 多福業 松廷 劉苑

上詣 縞素 觀德殿行礼 花衣 青長隨行礼

到署 四十二之九本 醋君

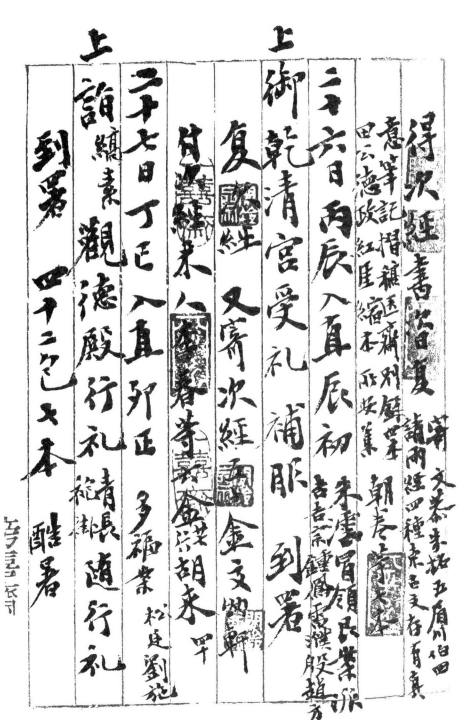

二十八日戊午入直 補褂 到署措敵到

寄次經書一函交幼軒 午初雨

胡來 星伯見

二十九日己未入直寅正進

本紀於 補褂 夏清卿緝庭交康氏

星史成 到署 四十三卷一本一起在署看

史佚

三十日庚申入直 卯正

上諭 酷暑已向日矣 明日發南信

太廟乾清門侍班 補服 到署

寶森來　昨　賀蘭蓀協揆
派寫永善寺瑞福寺扁
七月丙申朔辛酉入直　到署
寄小宋信文周子玉懋琦　胡來
馬來　浙中德孫惠桂及廣安信交子玉
初二日壬戌入直　上庫　到署　昭官致
寄周福陝李捷峯信　杜培安　紹
唐來　汪二官來　經　文捷
胡來　夜十一點微雨　得濟竹信

初三日癸酉入直　直日　到署會法鍾

題　戊刻陣雨　夏齋竹材文信朱以增勳伯三

初四日甲戌入直　到署　敵未到

青士秋樵來　裕姚倪華覺峯張丹叔

雨蝗蝝全生本書交杜培安　庚〻壬來

初五日乙丑入直　寄劉子良田星五交玉貴

上詣觀德殿隨行禮　到署　寶森來

伯潛餅保擧　胡月來

初六日丙寅入直　寅初陣雨寫

牽牛河鼓天貴星君
天孫織女福德星君神牌 到署
馬來 作譚德滌信 葉撫峯福假信
又黎許信
初七日丁卯入直 到署 文未到
胡來 中正一大風作雨勢即止
初八日戊辰入直 到署 熱
室森來卅六 胡來二百
初九日己巳入直 到署 文未到 蘭大辦

胡芾人來繪之　熱甚
初十日庚午　入直　卯正　刑加班　熱甚
上詣觀德殿隨行禮　到署　夏未到
星仍在北極四輔之間　王貽清送保單
十一日辛未　入直　正班　到署　寄經
文卿　夏偉如　文仲田　寄芍
庭　文仲田　熱甚
十二日壬申　入直
孝貞顯皇后誕辰　卯正

滂喜齋

立秋

上詣觀德殿青長褂摘纓隨行礼
到署復葉夔生作蜀中金石志
序並寄以書七種得雨生信即
復以高氏拓文八字猿胡來
十三日癸酉入直卯正丑正二刻雨卯止
上詣觀德殿隨行礼到署文未到
巳初又雨即止明日史館保舉上
十四日甲戌入直史館奏事保案
到署會法崇劉

十五日乙亥入直　丑正二刻雨時大時小
派恭代　穗黎許信文汪二官書
御筆心經寅正二　七種　大雨竟日夜
上詣觀德殿卯正三早祭辰初中元祭隨
行禮辰初二
皇太后詣壽皇觀德殿不侍班　謨公云
十六日丙子入直　代館首謝恩　卯
初上庫　到署會去　崇鳳復萊山
十七日丁丑入直　到署　松未到　得濟

滂喜齋

偉初信即復　汪二官行　胡來

十八日戊寅入直　答敬子齋　到署　子授來　得經初九信　又硯軒

小雨旋止

十九日己卯入直　直日　到署

得振民信

二十日庚辰入直

派寫清苑吳橋龍神

關帝扁　到署　寄振民濰之炊年

廿一日辛巳　入直　卯正一　甫扉　到署　青士來
上詣觀德殿隨行禮　到署
廿二日壬午　入直　到署　宗法敬去
陰　大雨　發南信　復知無文仲田
廿三日癸未　入直
派寫甘肅西寧府二方　到署　燕高
南鄭作印章拾遺序　交次騤
廿四日甲申　入直　辰初雨　到署
致濟之　廿六發　寄乾　秋谷聯

滂喜齋

廿五日乙酉入直 加班 到署
溽熱 夏灶又濟之致偉如
申初雨有雹即止 酉初大雨
如注至丑正少稀
廿六日丙戌入直 到署。署門水深數
尺遂回車 王蓋臣來交以知
無信 申初又雷雨
廿七日丁亥入直 直日 到署白雲亭

滂喜齋

有水坐大堂後過堂中　得沈經

信卿覆鏡塘　月太白晝見井十二度

廿八日戊子入直　到署　薛來遇　昨庚

生來　今日胡來手授來　彗見北斗之下台天牢

廿九日己丑入直　指天旋天璣

上詣觀德殿隨行禮　到署　假正陰雨

時作時止　宝森來

三十日庚寅入直　到署　王應孚呈遞

封奏明日遞　胡來　宝森來

閏七月朔辛卯　入直　加班　到署　在署閱朝審署節四冊第一本寔一起緩八起十三名二本寔二起緩八起十四名三本寔一起緩九起十名　宗室三本四名即批訖　室森来　張承熊來

初二日壬辰　入直　赴庫　到署巳散　戌刻雨六刻

初三日癸巳　入直　到署　蔣少蘅錫年

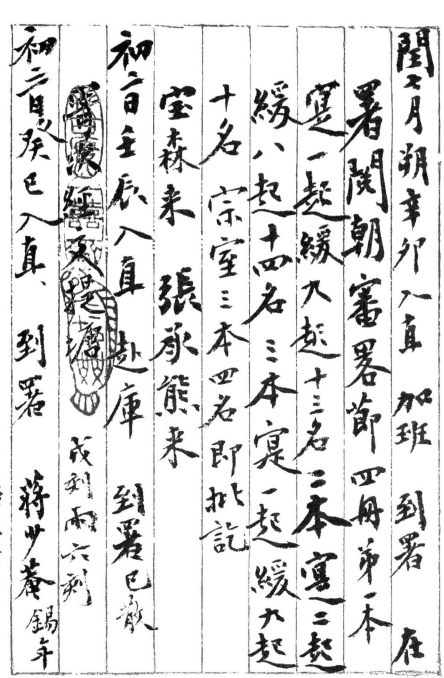

來江蘇大令
初四日甲午入直 到署 承厚施
啓宗來
初五日乙未入直 直日八件 到署
送 聖訓來
初六日丙申入直
派閱考御史奏 偕瑞邸薛 三十三本取五
散 到署看秋審三本名一起朝
審一本八起實二緩六 唐鄂生來

初七日丁酉入直

上詣觀德殿隨行礼　到署　文春秋審三本二本皆一起一本三起山西

答鄂生　寄濟竹信、瑜庭信

初八日戊戌入直　到署　啟夏偉如濟竹知平陽大姊去世　任筱沅來

初九日己亥入直　到署　答任筱沅　秋樵

辰正雨即止　送筱沅　念仔吞一席　來

初十日庚子入直

上

詣觀德殿行滿月礼　到署　晤蘭

蓀　寄次經文提唐

十一日辛丑入直　寅正大雨　堂議

雲壬蘇　雨辰刻止　岱東來

十二日壬寅入直　堂議未初散

王信甫來　李念仔來　胡來

十三日冬癸卯入直　身日　到署

復次經文物軒

十四日甲辰入直　到署　文貴三百壽

胡來　大衍　寶森來　賈人　藕來
發順伯濟竹信　戌刻　大人延亞陶診
十五日乙巳　入直　到署　見孔生
上詣觀德殿隨行礼　大人延亞陶診
十六日丙午　入直　上庫　到署　俱散
賞燕窩　大人延亞陶診
十七日丁未　入直　到署　大人延亞
陶診　得芍庭信即復文仲田
胡雲楣來　送益甫信即復

十八日戊申入直　到署　徐郁假

大人延亞陶診　霍子方來

十九日己酉入直　到署　大人延亞陶診

文貴百欠二百五金　國史館請修孝

友傳一摺

派寫都天廟匾

二十日庚戌入直　到署　大人延亞陶

診　施之博來　胡來

二十一日辛亥入直　直日　到署

壺陶來談　胡劉來古陶七件　酉雨

二十二日壬子入直　到署　壺陶來

得四姊濟竹三姊眉伯初六信　廿四復

又寄偉如　復辛芝五月十二信　文春

記

二十三日癸丑入直卯正二

上詣觀德殿隨行禮　到署　壺陶

來談　得次[illegible]函即復　文提塘

二十四日甲寅入直　到署

又梁經交提塘　亞來
二十五日乙卯入直　加班　到署
又梁經交幼軒並頤人復稼生
岱東來贈以聯幅書　亞來
二十六日丙辰入直　丑初三遇伯潛　王祁
至於朝房　到署　訪蘭蓀不
值　亞來　胡崔馬來
二十七日丁巳入直　到署　又致梁經
交幼軒　滙東　駕航來

二十八日戊午入直 到署 徐洧假

復濟之振民平齋初一發

胡來 白 蘭蓀來

二十九日己未入直 直日 到署

寄偉如復柳門初一發

八月丁酉朔庚申入直

派驗放 到署

初二日辛酉入直 到天安門朝房

秋審上班 胡偕劉來 穆蓉舫信

候芥航、藹人、張芍圃、李念仔、
鍾洛英、篠商、俞樹鈞一起。
初三日壬戌，入直。加班奏事。卯刻朝
審上班，楊樹田呼寬。辰刻雷雨。
送李念仔屏聯書。寄沈經登瀛
簡齋覓慎菴詩文、桂未谷拓經星碑。
及□屬書小条幅，交劉姓。李念仔来。
初四日癸亥，入直。卯正到庫，巳刻畢。刑部
加班奏朝審呼寬一摺。到署。

初五日甲子入直　内閣看摺稿
到署　發濟竹偉振民信明日
寄廉生四十招文小字　送張龔字
初六日乙丑入直到署　廖穀士來
崔來　蘊來　寶森來　蓴客詩來
送以廿金
初七日丙寅入直　得子良信
派寫井陘慶雲等扁　到署
麐伯來　送靜山星東食物

初八日丁卯入直 直日 到署 星
岩招 文胄付五十 含英付五十
寶森付卅
初九日戊辰入直 公摺請止恭送
派恭代
皇太后賞恭王扁對 到署
初十日己巳入直
上詣觀德殿隨行禮 到署 修檔房獄
神祠落成 裴南信 青士承厚啟

先来　得濟之初三信
十一日庚午入直　到署　得知無碩卿
信即復　青士来　芾彩来
胡来　于鑑堂来
十二日辛未入直　到署　風小雨　冷
十三日壬申入直　到署　會法（徐用儀）恩霙至
午正方到　陰小雨　開發　内廷節賞
十四日癸酉入直　加班　送派敬行礼
派文　到署　復王蓮塘　豫東屏

夏賡生　筆彩來　胡來　四十全清

十五日甲戌入直卯正三

上詣觀德殿隨行禮　到署　俱未到

陰雨　瑞蔣廿　經伯卅

賞瓜餅　龍寶森馬來

十六日乙亥入直　直日　寄濟竹麟生

偉如振民信　文采一百　[illegible]二

信卿夏提塘

十七日丙子入直　到署　洪秉鈞來

有子雨生信　梅莢來送張沈清信
胡來
十八日丁丑入直　卯正三
上詣觀德殿隨行禮　到署　秋樵
來　穮來
十九日戊寅入直　到署　宗李
來會審　復雨生文洪來鈞
二十日己卯入直　加班　到署
得濟之廿年眉伯十三信　即復　胡來

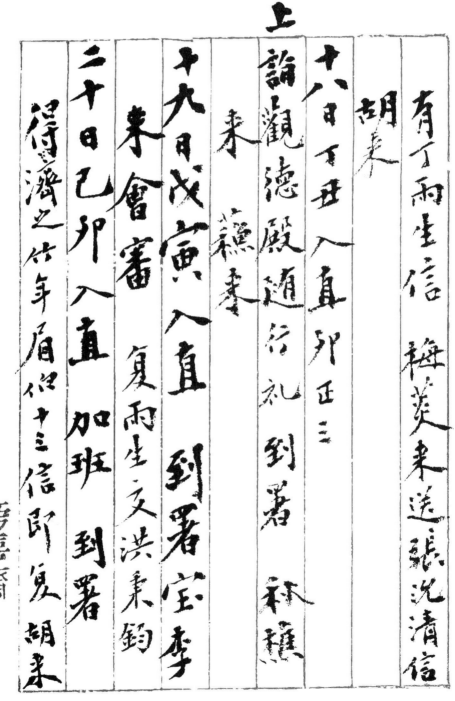

二十一日庚辰入直 赴顏料庫收錢
到署 發南信濟竹振民眉伯
寄經文提塘内郎鍾九爺
胡來 郎十
二十二日辛巳入直 到署 胡來 百
李偉卿貽寶來 雷瀛仙來
二十三日壬午入直 到署 胡來 百
雷送奏底來 河帥卿夏
二十四日癸未入直 直日 到署

作濟竹偉振民平齋信廿六發　復蒙帶

卿之人作田　胡來大衍

二十五日甲申入直到署胡來大衍

二十六日乙酉入直卯正三　又柳竹卿信

上詣觀德殿隨行禮　加班奏楊樹田

等案三件　到署　華彩來

二十七日丙戌入直到署　不值蘭孫

胡來

二十八日丁亥入直到署　文來到

滂喜齋

二十九日戊子入直 到署 共六琴始減

三十日己丑入直 到署 復四叔濟之偉如振民十九信初二發 華彩來

胡來

九月朔戊戌初一日庚寅入直上庫巳正散

到署俱散矣 禹子祥來 復順伯初四發 得濟經信即復

初二日辛卯入直 直日 又寄濟經信

觀德殿齋集朝鮮香供也 到署 松來

初三日 華彩來 拓器 胡來 夜雨

初四日壬辰入直 大霧

上諭觀德殿癸巳入直六滿月隨行禮 到署 松差

華彩來

初五日甲午入直 到署 胡來 大衍

少荃來 提牢卅

初六日乙未入直 史館進呈未單

秋審進呈未單 到署 筱齋之竹

年偉如振民信寄洪鈺卅兩文幼軒

初七日丙申入直巳刻 寶森來

觀德殿祖奠禮隨行禮 到署 文敬差 松本

馬來

初八日丁酉入直 到署 文敬差

初九日戊戌入直 丑刻至

觀德殿寅初三 得南信復濟 竹麟生

上至 寄偉如質卿十一發

皇太后至侍班寅正二

孝貞顯皇后奉移 步隨出東直門

辰正跪送

派寫四川彭縣

闕帝廟匾閬中桓侯祠匾

初十日己亥入直

派驗放　上庫　到署

派寫山東河神廟匾一面　穗來

十一日庚子入直　大霧

派寫景山

闕帝廟匾對各一又恭王壽物匾上四字二分

到署 馬來廿 胡來卅 華彩
來
十二日辛丑入直 直日 到署 西蘋章教 順慶提陳
又田行走趙舒翹 坐辦陸光祖補 穩來 得[illegible]信
于鑑堂來 尊客信 助廿金
十三日壬寅入直 到署 丑刻大霧
十四日癸卯入直 發偉麟濟竹信十六寄
派寫彭城鎮龍神廟盧氏 換羊皮冠
關帝城隍廟共三方 到署 仍袖頭

十五日甲辰入直 到署 大風始冷

胡來廿又黃河清補柳畫十 筆彩來 得尹下信

十六日乙巳入直 冷 到署 派雷一套缺五

致文送其家 文殿五十 棉衣六十套 崔來

十七日丙午入直 冷 到署 換灰鼠一

套 亦仁領藏獺冠 崔來 松壺二

十八日丁未入直 到署 亞陶經伯

來

十九日戊申入直 到署 筆彩來

復濟竹平齋振民信又董信寄汪二官

二十日乙酉入直　到署　復弟卿

二十一日庚戌入直　到署　文未到

派寫十一言對　崔來　寶森　筆彩來

胡來　竹年文旦十六个　王維堃　卿雲寄信

二十二日辛亥入直　到署　巳正一

孝貞顯皇后黃輿進　大清門跪迎升祔

太廟語祀午正二刻散　復竹年信　文王

崔來　寶森來廿　筆彩來廿

二十三日壬子入直。上庫。巳正散。到署。全散。晤雲階、夏四、梓偉、濟。付六月十五信，並寄平齋光和量拓本。苗淡送雲來。得星師信（復拓本百五十，大帘並小峯信）。

二十四日癸丑入直。到署。敬來到，晤星師（於朝房）。信文蔚庭。雄來。百國史館送忠義傳來，即閱。復胡石查。

二十五日甲寅入直。到署。松來到。陰，小雨。王信甫來。夜雨。

二十六日乙卯 入直 到署 陰雨

二十七日丙辰 入直 陰雨 到署 松來

派寫養心殿貼落一件隸書壽字一件

派寫賞恭王壽屏一件長壽字一件

陰雨

二十八日丁巳 入直 到署 敬班 舅氏竹庭文

仲田 胡來

二十九日戊午 入直 正班 到署 松來

穎來付十六大 胡來 爵一觚 次日還

三十日己未入直 䕌濟竹偉朔日

上出乾清門侍班補服到署

十月己亥朔庚申入直

坤甯宮吃肉 賀左季高到署改晚巳初

雪漁來

初二日辛酉入直 壺雲階來談 到

署 崔來 寶森來 左子聞送酒

初三日壬戌入直 上庫 到署 大風

初四日癸亥入直 壺天 到署 歆來到

崔来，數劉姓来，送古匋筆彩宝卄四件

椿来

初五日甲子入直

派驗放壺天　到署　胡崔来

李偉卿来

初六日乙丑入直　加班

派延年益壽各一方　長壽字二方

派閱考試漢御史卷　已初散　董瑞錫

到署　芸濟偉平齋信　換夏衣

眷仲飴

初六日丙寅入直 壺天 到署 直日

胡帶畫君李來畫頃寄清卿信

得君[illegible]信 得濟偉信

初七日丁卯入直 復泐經文東甫

派恭代 寄清卿名書文彭小圃光譽

御筆心經 壺天 到署 又寄緝廷信文小圃

初八日戊辰入直 壺天 到署

崔來 左季高來

初十日己巳入直

派寫福祿壽喜龍虎大小各一分辰初

慈寧門行禮 到署 俱未 晤蘭蓀

文武如玉來

十一日庚午入直 壺天 到署 文敬松未到

十二日辛未入直 壺天 到署 文敬未到

亞陶來

十三日壬申入直 壺天 到署 文差

亞陶為大人診

十四日癸酉入直壹天到署文敬松未
崔來得廉生九日信並石鳩念初求字
亞陶來
十五日甲戌入直直日鶴峯師招
吃肉頌文協揆到署松薛夏未到
李高招飲辭之
十六日乙亥入直壹天到署散班
胡來岐子惠王夢齡來得坪文濟
竹年齋初六信即復

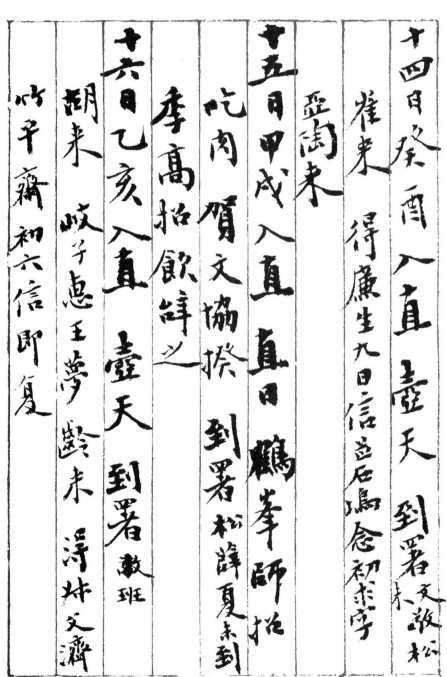

十七日丙子入直

派寫台灣天后廟扁　上頒料庫　到

署　吳誼卿到

十八日丁丑入直

派寫天瀾閣斗子扁　壺天　到署　夏未到

吳誼卿　景東甫　洪植臣來　林開

章黄目元來

十九日戊寅入直　壺天　到署　唐大棨添

派以載彩言　茇濟之　偉如　振民信　柳門信

滂喜齋

羴奶餅四匣文洪楨臣　王小雲來

二十日己卯　入直　壺天　文葵卿來　到署

李和生玉錫八來　王達五來　廖谷士來

廿一日庚辰　入直　壺天　薛談　到署

王蓋臣來

二十二日辛巳　入直　壺　到署　姚協贊

來　胡來　竹年　文玉槐　三大令寄尹

二十三日壬午　入直　壺　薛來　真日到署　文來

雀梅十　以蘇畫譜六十交梁　何衡甫世兄

政祥來　芳庭信　寄仲飴、文康生　胡來
二十四日癸未　入直　昨夜微雪　壺　到署　胡來
二十五日甲申　入直　壺　薛微夏　到署　文來　青士來
泖蒙寶四方　粟樵譓來　云是增煩子
二十六日乙酉　入直　壺　到署　會法　鍾　劉
冷　發南信　濟之　偉振　胡來
二十七日丙戌　入直　壺　到署　文敬來
福益三來　崔來
二十八日丁亥　入直　上庫　巳正散　到署

劉小園来

二十八日戊子入直 壹 到署 文来

臨書八十幅 胡来 日 以百廿幅交經伯

十一月庚子朔己丑 壹 到署 文 松来 冬至夜 祀先

初二日庚寅入直 壹 到署 松文来 薛 請訓 上陵

崔来 臨八十幅

初三日辛卯入直 壹 大風冷

泳

寫四川自流井神廟 到署 敬来

臨書譜七十全完

初四日壬辰　入直　壹　到署

初五日癸巳　入直　壹　到署

發南信濟竹偉振　初七胡崔來　大衍

初六日甲午　入直　壹　到署　王信甫來

初七日乙未　入直　同鄉謝恩　壹　到署　復濟之

初八日丙申　入直　加班　壹　到署　蘭孫來

初九日丁酉　入直　壹　到署　譯到京　崔來　四十　復小宕知蘇

初十日戊戌　入直　直日　到署　星山屈培來正嚴

十一日己亥　入直　壹　到署　文來　崔來　唁伯足　周甫對

十二日庚子入直　壹到署　文来　翁道儀居之鴻来　胡月罕吉

十三日辛丑入直

派恭代　壹到署　崔来

皇太后福祿壽三星貢三件　題畫五件　卯正畢

十四日壬寅入直

賞貂皮八大卷　四引見時磕頭　壹到署

十五日癸卯入直　加班奏事　壹到署　寶森来

派篆寶世芬

十六日甲辰入直　壹過香濤　到署　濮冠卿、伯英来

十七日乙巳入直　壹到署　敬来

十八日丙午 入直 直日 壺 到署 松來 姚權甫來 派[illegible]房

派寫愛慈介福四字 寫對百付 廿 胡來 李岷琛來

十九日丁未 入直 壺 到署 澂來 六十付 胡來

二十日戊申 入直 加班 壺 到署 文夏來 風 廿付 崔芊 彰來

二十一日己酉 入直 壺 到署 胡孚 崔 五十 胡來

寄夏濟之麟生 筱卿 寄偉如 振民

二十二日庚戌 入直 壺 到署 文來 卅付 胡來

二十三日辛亥 入直 寫年差六十餘件 上庫 到署 文來

崔來 大衍 胡來

派

二十四日壬子入直　史館提調未見　壹　到署　文未

寓東岳廟偏三面　胡來　葉南信　馬景夫書

二十五日癸丑入直　加班　三庫奏事　壹　到

署　會法　鍾許　文未　胡來

二十六日甲寅入直　直日　壹　到署　文未　胡　百

二十七日乙卯入直　壹　到署　文未

二十八日丙辰入直　加班　減等三單　共千八百六名畢

壹　到署　復廉生　胡來　百

二十九日丁巳入直　壹　祈雪　到署　胡來

毅卿來　贈孝達中說
三十日戊午入直　壺　到署
十二月辛丑朔入直
派寫福字五方　壺　到署　答香濤
初二日庚申入直　上庫　到署　文來心堂
初三日辛酉入直　京察過堂　復次經還一
蔣瓦器有偽字百餘　償李春二人十兩
賞大卷二　帽緯一　復少山二西圻函屬伊來人方
初四日壬戌入直　直日　候補過堂　胡馬

崔来 發濟偉麟振信

初五日癸亥入直 京察開封

賞燕窩 館奏事

上出内右門磕頭 壺 到署 文未 崔来

初六日甲子入直 壺 到署 崔来

馬来 芸胡来

初七日乙丑入直 館奏事

派寫長春宮七言對四分 壺 到署 文未

亞陶来 復濟竹偉十一月朔信

初八日丙寅入直 上頒料庫 到署
崔来函 薛奉使江蘇有函
初九日丁卯入直 王信甫来
派寫同仁寺扁 壺 到署 夜雪一寸
初十日戊辰入直 壺 到署 松来
香濤来
十一日己巳入直 壺 到署 文敬来
送香濤
派寫對五付 春條應八分

十二日庚午入直
派寫對〻付　三庫京察靈廣徐奎王
到署
十三日辛未入直　壺　到署　文來
潘遹送益甫信來即复
十四日壬申入直　壺　到署　文來
复蔣卿文仲田　延陶爲大人詩
十五日癸酉入直軍機傳　延陶來
有
表大馬等云〻　壺薛來　到署　文來

馬崔胡來 復筱庭 文仲田 裴南信

十六日甲戌入直

派題畫蘭詩 上庫 到署 夜并陶

來

十七日乙亥入直 亞陶來

賞穿帶膝貂褂 穀卿來

十八日丙子入直 具摺謝

恩 壹 到署 會法 崇劉 崔胡筆彩來

十九日丁丑入直 加班 到署

滂喜齋

賞花翎料帽緯 復廉生交協同慶
二十日戊寅入直 直日
上諭
大高殿
神武門碰頭 壺 到署 送雲階
晤候子和署左
二十一日己卯入直 到署封印卯刻
胡來
二十二日庚辰入直 壺 到署會法 徐許

菱齋竹偉信 廿四行

二十三日辛巳入直 得偉如信 眉伯拓

派題畫十一首 題畫六件 巳正散

皇太后賞福壽字各一分 長壽字一分

貂皮十張 大卷八个 到署

刑部加班 復周季玉 文蔚 長厚

旨毋庸謝

恩亦不必具摺 筆彩來 胡來 百

二十四日壬午入直 晤恩露圃

滂喜齋

派寫四字語五分賜軍機者同鄉謝
恩到者董潘孫夏　李卅　梁卅　神卅　崔來　六千
龔穎生李蘭孫來　胡來　百
二十五日癸未入直　荅蘭孫
派寫福貴財喜神位等五件　到署
二十六日甲申入直　到署　文敬
趙孫青李來　鳳石來　陸壽門來
梁斗南來　崔來　百　寶森　四千
二十七日乙酉入直

皇太后御筆畫題詩七首

派寫陝西鄜縣太白廟扁

賞荷包貂皮手巾

上諭

太廟侍班歸時磕頭　到署　全到閣

復陳啓泰摺　崔亭

二十八日丙戌入直

派恭代

御筆心經　加班奏事　到署　文到

子刻敬神　崔大衍　宝森百
梁卅　李大衍　祁廿
二十八日丁亥入直　刻字鋪百　祀
祖先接
竈　得南信　馬來十四　十吊
胡來　百
賞香橙

潘祖蔭日記·光緒八年

（清）潘祖蔭　撰

光緒八年壬午正月朔戊子丑初進
內前門
關帝廟拈香辰初
慈寧門行禮　蟒袍補褂
乾清門行禮
懋勤殿開筆
派茶代元旦
御筆心經　不拜年　歸吳毅卿
孔龢唐見

初二日己丑入直卯正二 寫南信初六發
坤寧宮吃肉補褂 到署 俱到 寄芍庭
初三日庚寅入直 大高殿祈雪 馬來
初四日辛卯入直 風冷 答子齋 到署祁 胡來
初五日壬辰入直 答寶 到署
初六日癸巳入直 寶森來廿
初七日甲午入直 到署 答慶石 稚來
初八日乙未入直 到署祁班 龍膏並信文
陸錫康 俞聯徵 近垣來

工

初九日丙申入直 童德中以王國江贄卿之 鄭孝胥書之

出乾清門補褂侍班 加班到署 松

復陳棟榮焌文秋樵 復維瓚 胡來

初十日丁酉入直 加班 杕文 到署 禹來 青士來 夜雪

十一日戊戌入直 雪 之謝 得南信 復梅笑來

十二日己亥入直 到署 復張沇清 文梅書字

復清卿 芍庭

十三日庚子入直 候蘭孫 復芍庭

十四日辛丑入直 到署

十五日壬寅入直 朝房晤文 胡來

十六日癸卯入直 到署 祁

十七日甲辰入直 大高殿謝雪 崔來

十八日乙巳入直 加班 文來 到署覓 文貴來 付符 公廿十六

十九日丙午入直 壹天 到署會法 周劉

復廉生文小字 寄濟估振民平齋書偉如

麟生信即日發 寶森來

二十日丁未入直 加班 到署 王信甫來

胡來 付太百四十

二十一日戊申　入直　到署開印　壹

候蘭蓀不值　趙增榮蘭蓀胡來

二十二日己酉　入直　壹　到署　胡

筆彩來

二十三日庚戌　入直

派寫福建宜蘭城隍廟扁　上庫　到

署

二十四日辛亥　入直　到署　萬董等開缺

二十五日壬子　入直　壹四百辛午到署祁朱　叢濟伯

[illegible]

偉振信　寶森來廿　王小宇來

二十六日癸丑入直　直日　到署　松來

二十七日甲寅入直　公同謝摺　壹　到署　敬來　王寶頤來

二十八日乙卯入直　引見時謝照舊供職

恩　到署　王信甫來　是日京堂引見

二十九日丙辰入直

派　寫養心殿貼落一張　壹　到署　文松祁來

二月癸卯朔丁巳入直　壹　到署　文來

馬來　換洋灰鼠褂　馬來

初二日戊午入直 華彩来

坤寧宮吃肉 補褂 祥慶到署 文来 寄濟之信 對

初三日己未入直 壺 到署 文郁来

复次經文紉軒 寄廣生文小字 胡来

初四日庚申入直 上庫 到署 英俊摺

庫吏韓士俊等 古尼音布摺 溥来 王鵬

運来有文片 馬来 還小幣百一 胡来

初五日辛酉入直 直日 到署 胡来 石

初六日壬戌入直 到署 大風

初七日癸亥入直 大風 王補菴来

派寫東岳廟

文昌

關帝扁二面 得振民信

初八日甲子入直 大風 到署

初九日乙丑入直 鶴師招吃肉 到署會

法 胡来 小字十二行寄濟振蘇培杏仁

初十日丙寅入直 加班二件單單 到署 敬未 劉

子良、毅来 馬来

十一日丁卯　入直　丑刻雨　到署　文来

十二日戊辰　入直　到署　文来　董德中来
得濟偉廿九信即复

十三日己巳　入直　到署　文来　信甫来

十四日庚午　入直　到署　文祁来

十五日辛未　入直　加班　到署　文祁松来
賀子青兵尚　問汴生病　复四姓　濟振麟

十六日壬申　入直　到署　寄瘦羊小讓一葉遐二松壺一文小字

十七日癸酉　入直　大風　到署　祁来　晤蘭

蓀　閏十八起早衙門　崔　胡　鳳石　子青

來

十八日甲戌入直　到署　敬未　胡來言山東

龐姓銅器三件被扣留　王春庭作孚伯

希來　溫棣華來

十九日乙亥入直　到署　青士　辰如　秋樵來

斗南來　胡來

二十日丙子入直　到署　松禁會法　鍾　劉

王小宇來辭行　換銀鼠褂　紅衣頭

廿一日丁丑入直 直日 到署 祁、朱、馬來

二十二日戊寅入直 到署 文來

二十三日己卯入直 到署先散

派擬蘭詩百廿首四字五字七字百廿分 諳運

毅卿經伯仲田鳳石未正散

二十四日庚辰入直 請

安 看方 到署 許筠菴來 胡來 換羊皮冠黑絨領

二十五日辛巳入直 胡崔來

派驗放 肅松王 到署 祁朱

二十六日壬午入直　經伯來

命擬蘭詩廿首同徐　到署會法

趙蓉鏡劉子良雀來　尊署廿金

二十七日癸未入直　加班　到署

辰如來　蘭孫為切樵要照參　六分　庚生留希來

二十八日甲申入直　到署　文祁來

二十九日乙酉入直直日　到署　文祁來

三十日丙戌入直　到署　信甫來

汪濟竹眉伯信復

滂喜齋

三月甲辰朔丁亥入直　到署　胡来

初二日戊子入直　辰初雨　到署　松祁来　夜雨

施啟宗承厚夏伯英陸宇生来　胡来

初三日己丑入直　到署　啟来

初四日庚寅入直　到署　上庫　蘓来

馬来　十

初五日辛卯入直　到署　文松祁来　蘓来

初六日壬辰入直　到署　會法　鍾劉　寄濟

竹偉振平齋信　信甫来

初七日癸亥 入直 到署 松崖直日

复次經文竹軒收回 訪蘭蓀不值

初八日甲子 入直 到署 文余 子良來

陸蔚庭 周希世教習 亦珍來 瑞符二八

初九日乙丑 入直 到署 散未 鳳石斗

南胡來 蘭蓀來

初十日丙寅 入直 帶梁陸進內 到署

馬來 付竹軒釜還少山款也

派題蘭花二幅署款不書臣字 贈梁陸

潘雲房

胡來。皆十一日事。晴，時微雨。

十一日丁酉。入直。到署。得濟偉、偵卿信。鳳石、斗南來。夜大風，冷。胡來。十

十二日戊戌。入直。上庫。到署。文敬來。撲季、崔來。廿。濤雨生訃，其姪來。

十三日己亥。入直。加班。到署。星屋招，午正散，皆同署。

十四日庚子。入直。到署。發濟伯、羆小雅、胡石查、徐花農、偵卿、偉如信。

十五日辛丑入直 到署叅 招徐梁陸 河臺兩房
直日 華彩王姓來
十六日壬寅入直 到署 陳慧士吳穀
卿來復清卿
十七日癸卯入直 到署 張雲卿承燮
來再復清卿 並抄本 函
十八日甲辰入直 到署 華彩本直
寶森來
十九日乙巳入直 到署 祁來 辭到 訪雲

偕筆彩 岵樵來
二十日丙午入直
派寫張愷墨蘭墨竹簽 徐梁陸梠
梁庸 酉初後小雨即止
二十一日丁未入直 賞扇百七十八柄送寅
臣令郎寫 到署 薛同任 蒯柳農廉訪
來 又賞扇送梁經伯 筆彩來 春光
二十二日戊申入直 到署 青士來 衍文
身贊為雲南司稟調川司派審

二十三日乙酉入直　直日　到署
上出景運門詣　奉先殿補褂侍班
王補菴來
二十四日庚申入直　寄濟竹儔振民廿六發
派寫巴里坤　復次經文炳軒
武聖廟扁一面　到署　文來敬差
二十五日辛酉入直　加班停向併葉得　允
派閱薩生卷　奎徐未正散　寄少山說文序一
二十六日壬戌入直　到署　敬差　胡來

二十七日癸亥入直 到署 雨 黄名珏号

潤生来

二十八日甲子入直 到署 高博九宗偉

度来 夜雨 胡来

二十九日乙丑入直

上出乾清門補褂侍班 小雨

派榮壽公主府兩對七件 到署

黄貴誠 允一 李維誠 陶但来 龔壽畬江蘇參道仲人来

恩綸来 崔来 去

四月乙巳朔丙辰入直 上庫 日食

派寫榮壽公主府貼落五件 到署 文來

初二日丁巳入直 到署 本立劉來 得振民信 并信件

初三日戊午樂壽房入直 恒壽信甫來

派寫御扇二分 對三分 到署 胡來

初四日己未入直 到署 寶森來

初五日庚申入直 到署 蘇來 付廿請

馬來 發南信 偉齋 振民 眉伯 平齋 胡來 廿

初六日辛酉入直

泊□□房

泒字卅一方　臆心廿八件　到署　敬回　經伯
穀卿、仲田來
初七日壬戌　入直　到署
初八日癸亥　入直　署中搭棚　婿星東
子騰、晤蘭孫，幼樵不晤　黃名玨來
酉初雨　為相師作序　偉度易卦變作序
初九日甲子　入直　到署　文松來　散瀛之
平齋信，内趙惠甫要拓本百十六幅，眉生
要孟鼎精一幅　濟次經廿一信　崔來廿

海韻樓來
初十日乙丑入直 直日 到署 會法 陳荔秋 劉炳倫
下頌臣來 寶森來 奉上諭陳張鄧芬崇礼大學士會同查明具奏
十一日丙寅入直
派榮壽公主府匾四字五面二字十二面壽字一方
到署 秋審第一包四本
十二日丁卯入直 上庫 到署后散
第二包四本 得濟柳信
十三日戊辰入直 到署 第三包四

本　得兮信

十四日乙丑入直　到署　第四包四本

青士來　唁若農並聯幛文生和尚寄庸胡同

派題

皇太后御筆畫蘭四幅各題四字隸書

十五日丙寅入直　到署　五包四本

胡來　蘭蓀來

十六日丁卯入直

派閱考差卷　徐潘瑞麟王孫許錫祁夏　午散

十七日壬申 入直 到署 第六包七包
晨小雨 寶森來 十
十八日癸酉 入直 到署 直日 第八包
琛偉度來 得偉如信 全師去世
十九日甲戌 入直 到署 賀鳳石 弟
太己
二十日乙亥 入直 吊小汀師 到署
第十包 毅齋 慶生來
二十一日丙子 入直 到署 復石查一

得四妹濟之振民信即復　夜雨

二十二日丁丑入直　查庫第一百四十方　午散

禮莊邸張馬錫係夏興泉十人葬假昔

管庫豐李廣潘奎許廣在假

到署　第十二包

二十三日戊寅入直　卯初開庫　辰初先行

到署　文未　第十三包

二十四日己卯入直　卯初開庫偕興辰

初二先行　到署　第十四包　毅卿來

二十五日庚辰入直　卯初開庫　偕禮興

辰初先行　到署　交未　十五包四本
夏筠庭文仲田
二十六日辛巳　入直　直日　卯初開庫
礼興辰初先行　到署　夏子泉又筠
庭信　十六包四本
二十七日壬午　入直　卯初開庫　到署
派恭題　偉度要任筱沅信
皇太后畫蘭四幅並隸書四字
賞大卷四疋　葛布二　扇一　漳紗二　帽纓二

燕窩一包　馬來　十七包四本

二十八日癸未入直　開庫卯初　到署

派大考差擬題

候蘭蓀不晤　潛生姪來

賞袍褂料紗葛帽緯　十八包四本

二十九日甲申入直　蘭蓀來　十九包四本

皇太后賞御筆畫蘭四幅　卯初開庫

巳初查銀庫完畫稿　到署　巳散

三十日乙酉入直　到署　二十包四本

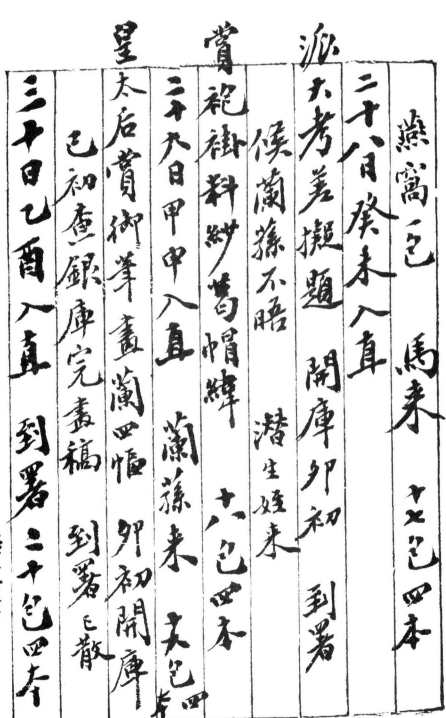

函致益甫文捷峰 次日查庫復命
五月丙午朔丙戌入直 到署 秋審廿一包四本 内廷節賞 誼卿來
初二日丁亥入直 到署 復柳門交誼卿
張友山來 禹來 李田 梁卅 祁廿
初三日戊子入直 到署 寶森來 包廿
初四日己丑入直 上庫 到署 俱散
濟寧□□ 才力全清 寶森來 十 初五日付
初五日庚寅入直 到署 松到 拓誼

卿仲田孔先生及其子偕潜生午飯

看廿三包自五月起間日一包　崔来

初六日辛卯　入直　卯初會同查內庫

到署　薛朱　辰正三大雷雨　發四時濟

之眉伯竹年振振民信　得徐花農信　次日復

雨至酉止

初七日壬辰入直　恭題　蒼蘭孫子久

皇太后畫蘭四幅　同前　卯初開庫　尚　到署

看廿四包　王達五振鎬来

初八日癸巳入直　卯初開庫　加班奏事
到署　侯蘭蓀不值　提調姚協贊五
貽清來　萬良來回內庫短少事　崔來
初九日甲午入直　卯初開庫查尾完後
桶外開鈎搜找尚欠二千五百兩午初封庫
到署已散　廿五韞記　蔡捷峯信並
寄益甫信　口吳曾同陳彥鵬行京來
崔來
初十日乙未入直　到署　答梁陸

范鍾石齋

偉度來

十一日丙申入直 卯初開庫 申初三散 廿六包 清秘來未見 馬來 鼎聯還山

十二日丁酉入直 直日 奏結古銘獻案奉

上諭等因欽此 朝房晤丹初 到署

復次經 廉生 敬卿來 書寄恒軒蔡師

十三日戊戌入直 開庫 巳正散 短欠五百五十

雨 到署 俱散 廿七包 復恒軒

十四日己亥入直 恭題

皇太后御筆畫蘭四幅 同前 到署 文未 晤丹初
十五日庚子入直 查內庫 復命並
奏數目不符一摺 奉
上諭欽此 到署 卅六已
十六日辛丑入直 卯初後庫 辰初散
到署 文未 濟之信 張復譚 仿年信 鄭
桂生 文來 鄧振岳 魏培楠 來
十七日壬寅入直 卯初後庫 卯正二散
發濟之 仿年信 到署 卅八已

得筱雅信即復 寄衛靜瀾部小村為筱雅書館（旱康） 夜雨即止

十八日癸卯入直 到署 豐伸（泰）來 作濟之竹年振民信 与小雅信同於次日發 得偉如信昔到

十九日甲辰入直 到署（松𡒄） 寄穆春崖紹石安信又旱康 看秋審廿包 段庫復命

二十日乙巳入直 加庫收五十六萬餘 到署 夏小 得偉如信朋日進城矣 顏料庫

查弟一日未到　胡來

二十一日丙午卯入直　卯初開領料庫四

連五連卯正散　到署　松敬未　廿包

偉如來留飯未刻散　復濟之振民

二十二日丁未入直　卯初開供用庫卯正

散出復命　到署　松敬未　晤偉兒

灌兒負學子宜　酉微雨即止

二十三日戊申入直　文元錢味　金寶鳳西　到署　敬未　復麟生

並為書對　翰西　戌刻後雷雨　卅二包

承厚施酷宗来　偉如来次日始知已睡故也

二十四日己酉直入　到署松溎　敬謁兵　貴署刑右　查庫

復命　賀張友山貴午橋　福箴庭　謁

右　沈濼卿翰来小雅之壻也　志拜来

皆未見　偉如来　崔来　晖瑞堂来　宗森十四

二十五日庚戌入直　到署　貴未到任　有卅

三巳　姪壻劉泉孫　周杰来　鏡如来

二十六日辛亥入直　到署松貞未

陰雨時作時止　聯綱　幼農佛　昇　穎伯

恒王信甫來　夜大雨

二十七日壬子入直　到署大雨　卅四包五本　承恩來　子正雨止

二十八日癸丑入直　正班　到署又松來

柳門、穀卿、鐵東來　胡翟來

二十九日甲寅入直　到署　松來　卅五包

六月丁未朔乙卯入直　到署　貴到任　松來

昨夜雨　明日加班七件　偉如來　聽未見

初二日丙辰入直　到署　松假　加班　卅六包

夜雨

初三日丁巳 入直 到署 燥甚 陰雨
柳門 蘿杉 子宜来 張友山 偉如来
寄濟之 振民 平齋信

初四日戊午 入直 上庫 巳正散 到署
夏未 廿七包五本

初五日己未 入直
派寫科布多河神廟扁 到署 夏未

初六日庚申 入直 到署 夏假 胄班 廿八

已八本

初七日辛酉入直徐梁未到署夏松假潯撝

炘信

初八日壬戌入直徐梁未到署夏松假

雨卅九已九本

初九日癸亥入直徐梁未到署夏松假

偉如來施啓宗李傳治來

初十日甲子入直上庫巳正散

到署胄未四十已六本

十一日乙丑入直 到署 徐建來 文署三庫 胡廿

馬來 斗南 濤請 貴來 官來 徐室晉五十文 鳳石

十二日丙寅入直 到署 貴來 四十一包五本

偉如來 夏蔚庭 馬來

十三日丁卯入直 到署 松 鎖假 巳刻雨

馬來 徐惠生五十文 鳳石

十四日戊辰入直 到署 松來 馬來 一卌〇一闋 一觴培

破銅器七 二戈 戊一 兕一 爵一 鑒中有字三 匜無字 自三百五十還之 施啟宗來

未見 江蘇同去年五月初五奏 命 盜月中

[illegible]

該司六月稿已失該員任内事昨始查

出耳 四十五包五本 胡來二百

十五日己巳入直 直日 到署 寅初雨時

作時止且大雨 黻濟之竹年振民信

十六日庚午入直 到署 卯正雨 四十三包

六本 晤陶吉昌新放漳守來

得尹次經信復之文幼軒

十七日辛未入直 徐來 到署 松班 雨時

作時止 馬來 尊卅 黻濟之竹年振民

信六　致小雅内部小村復信　文偉如

十八日壬申　入直　到署　文松来　四十四包

崔来　胡来　戴毅夫二次要叁共二兩

十九日癸酉　入直　到署　四十五包　三本

素禮庭来昔　偉如来已睡矣昔　秋審完

二十日甲戌　入直　到署二松　南信今日始發

又小雅瘦羊信

二十一日乙亥　入直　到署

二十二日丙子　入直　到署　禹来　得石查信

復右查卅三直日
二十三日丁丑入直 直日 到署
二十四日戊寅入直 到署 俱來 星岩
招偉如來 呼來 鼎帖六十來付趺手旦
叔平子臣三
二十五日己卯入直 到署 南齋四人
為斗南祝五十 星師於十三去世信巖
廷 本日藍袍常服不挂珠
未伏
二十六日庚辰入直
上
御乾清宮受賀 到署 文到 招柳

滂喜齋

門謁卿仲田偉如午初散

二十七日辛巳入直徐未雨時作時止到署松未夜雨

二十八日壬午入直徐未到署俱未補褂藍袍夜雨達旦

二十九日癸未入直到署松未雨

三十日甲申入直

上出乾清門侍班補服到署松未

呼來胡來崔來姚協贊來

七月戊申朔乙酉入直 徐來 直日 到署 [illegible]一房
夏假昔 偉如來 馬來 燥熱
初二日丙戌入直 到署 夏假昔 陰雨
馬來
初三日丁亥入直 散後徐來 大雨 到署 星農師
閣雨 財盛館 甚雨 及之 北發濟
芝信 晚姪 夜雨
初四日戊子冒雨入直 徐來 朝房遇特平
到署 偉如以廣人所作假導以來

崔來作肖閣

初五日己丑入直 加班 到署 貴班

坐轎入直東便西長安門

初六日庚寅入直 到署 福箴、貴來 劉初八發

賞燕窩 偉如來 馬來 夜不寐 雨

初七日辛卯入直 到署 貴來

初八日壬辰入直 到署 楊望洲來

朝房晤福箴廷 極熱 賀貴午橋山東主考

初九日癸巳入直 到署 文來 晝陰雨

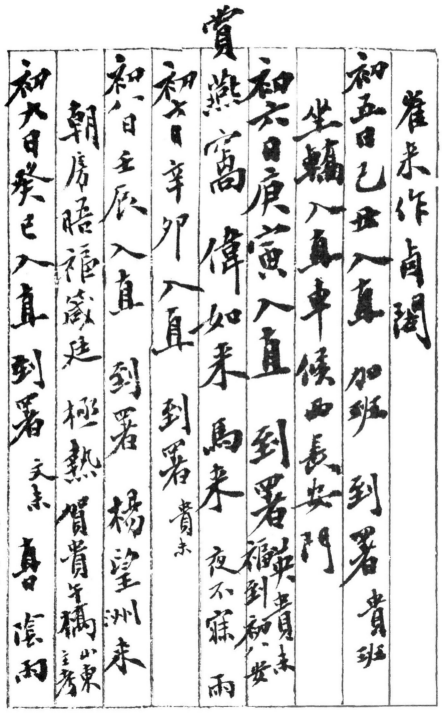

誼卿聯筱濼卿歐陽衡賓巫來
初十日甲午入直 到署 文木 偉如來
得次經四月廿日信偽去一匣文獻篔亭寄
十一日乙未入直 到署 松未 復次經還偽物
留小布小泉文如軒 胡來 陳研香來
十二日丙申入直 到署 松未 吞容方
王朗清德楞來
十三日丁酉入直 到署 松未 詩濟竹郎復一 眙容方 孟鼎
十四日戊戌入直 到署 寄濟孟搭璐

滂喜書房

閏月文敬姚林吴字祁對瘦羊同肴吾廬
筆談文沈藻卿姪壻贈以對幅書
手搜來 又濟要胎產丹一筆的交藻卿
十五日己亥入直 偉散生日未去
派
恭代十七日 送江劉芝田何子莪王朗清字
御
筆心經到署 陳梅村秉和來 西陶來
爲大人診 送聯俊字
十六日庚子入直 到署 福十九到右任 西
陶來診 偉如陳梅村來 胡雋來 崔茁

十七日辛丑入直 直日 到署先散 派耕、五右缺
上諭 奉先殿以直日侍班
派 公主府匾八件 對五件 直条三件
陸九芝來為 大人診 穉來 亞陶來
診
十八日壬寅入直 看朝審五本
派 湖北黄陂木蘭山匾名一面
亞陶來為 大人診 雲階來
亞陶再診 鳳石來

滂喜齋

十九日癸卯入直　到署先散
派總格眠卅二張　福箴廷到任
偉如來
二十日甲辰入直　加班　到署　福來
答九芝、鳳石　亞陶來診
二十一日乙巳入直　到署　文松來　壽泉
梅村胡來　明日軍機處領文片
亞陶來診　夜雨至次日辰止　答雲階
二十三日丙午入直　同芷菴軍機處

領文片恭末 卯正到署 堂議雲南
至熱河正夏假廿日 胡來
二十三日丁未入直 在內晤芷菴 堂議
午正散 派審宗培瑞霖趙時熙四
我霖來 緞秋樵提牢班 本日奉
上諭一道
二十四日戊申入直 偕宗培四人晤芷
菴到署 福未 棣華 韻卿來
二十五日己酉入直 直日 到署 晤芷菴

賫大春四　研香　屢如　雅曲農來　崔來

崇瑞趙田來

二十六日庚戌入直　朝房晤芷菴　到署

福松來　偉如來　若方來　宗瑞趙田來

二十七日辛亥入直陳陳來　到署　福來　蘇馬

來

二十八日壬子入直同上　傳心殿晤芷菴　到

署　見石查　野叟言　雨　胡來

夜雷電雨　秋樵來

二十八日癸丑　入直　徐、陸未　偕芷菴、連衡封奏　到署　福假　趙蘭臣、胡、馬來　奉上諭一道　發濟之信

八月己酉朔甲寅　入直　徐未　到署　福夏假未滿　馬來（百五函，孫春山物，尚又三个五十）　胡來　柳門來

初二日乙卯　入直　頌閣、薇卿、學陸假（五日）　恭題皇太后畫蘭四幅　到署　文未　偉如誼卿來　胡來　百　潘任卿來　望洲來　穉芳送石世都之即　夏（買之）　石查信

滂喜齋

初三日丙辰入直 到署 文來 胡千里
來 宗瑞 趙田來 馮文蔚來
馬來 文奉命東陵查辦 建周 陰雨雷
初四日丁巳入直 直日 到署 寄廣生
清卿拓本 振民半瞿齡嘉對 文鏡如
午雨 復文雨 鏡如辭行 云初六行
初五日戊午入直 到署 惟薛到 文請剃 辰雨
宗瑞回來 馬來 文娶行
初六日己未入直 到署 松蔭

上諭兼署禮部欽此 提調姚王來 未
劉又雨
初七日庚申入直具摺謝 陸錫巖
恩 到署 胡清瑞 吉昌 慕榮幹來
初八日辛酉入直加班奏覆勘朝審
到署會法陳徐 偉如來 鏡如已行
王魯薌來
初九日壬戌入直 到署 松來 誼卿來
素禮庭來 派審五位來

滂喜齋

初十日癸亥入直

派驗放　禮直日

上出，景運門侍班　補服　到礼署　到署

十一日甲子入直　到署　李和生青士

來　殷趙來　和生帶去嶽鎮青信

十二日乙丑入直　直日　到署　崔馬來

蘭蓀來　復四妹　竹年　振民　次日又復濟

十三日丙寅入直　到署　復李靜山　彗於卯初初刻見東柳星之次

十四日丁卯入直　到署　復郭筱山東

朝鮮遣趙甯夏金宏集李祖淵來
恩誠吳峋來 尊客卅 經伯卅
瑞符廿 胡月來 白
十五日戊辰入直 恩誠吳峋來
賞
月餅瓜果 夜雨 未刻大雨
皇太后賞普洱茶鍋焙茶活計一匣大
卷六個 到署 偉如來 穀卿來
寶森馬來 穠來 [illegible]
十六日己巳入直 禮加班封奏二件
到署 宗趙田來 發濟之信

申雨　寄石查信　刻癸未小印

十七日庚午　入直　到署　同人公餞子授頌閣　未正散　辰初雨　禹來州

十八日辛未　入直　秋審辰刻上班巳初三刻散　禮銷假　王信甫來　得郝近垣信即復　胡來　西　得仿年信

十九日壬申　入直　朝審上班辰正散　柳門　聯綱　幼農　佛昇　韻伯　恒來

二十日癸酉入直直日到署　招柳發
偉田　宗殿田來　鷹航來　胡來
二十一日甲戌入直　到署　發濟竹信
得次繩信未復　長雲舫來　崔來
二十二日乙亥入直　到署　爲清言伯盛作
謁斌記作序寄聯廿有　寄四妹普洱茶
筱笒文潛生行茁　趙田來　馬來
二十三日丙子入直　到署　禮加班　雨
寄仲飴　嚴良其宗趙田馬來

滂喜齋

二十四日丁丑入直 到署 庚生来 呼瑞堂筆彩樊来 胡来

二十五日戊寅入直 到署 偉如韻卿呼来 發濟之眉伯信 復平齋

二十六日己卯入直 祀直日 到署 又到署 以墳冊寄恒軒 題並瓦拓竟妮 胡輯五来 文振軒信並書 芷菴 王振鈴来 呼来 還鄭太碑全幅 祭兩般物 汪嘉前車光 慎跋張氏世澤堂印 直五百金 偽物也

二十七日庚辰入直 到署

二十八日辛巳 入直 直日 到署 福來 泗書房

裕竹村來 晤芷菴於朝房

二十九日壬午 入直 以詩賀香禪六十

派閱孝廉方正卷 奎玉 薛百八本 除墨汙 志如 華

一本已正 散 到署 俱散 陰雨

誦卿來飯

三十日癸未 入直 到署 發濟竹振信

九月庚戌朔甲申 入直 到署 偉來

初二日乙酉 入直 到署 詣作奉

上諭添派惇親王、翁同龢會同查辦

本日同莊菴封奏摺

上諭一道　誼卿、庚生來　馬來六衍名六十

崔來

初三日丙戌入直　到署文作通　胡來白

戚笠亭來　裕竹村來

初四日丁亥入直　礼直日　到礼署　到署

陳世兄彥鵬來

初五日戊子入直　換鈿冠絨領　莊菴請同避暑王

派驗放　文復命　到署　文來　王與軒來
殷瑞　趙田來　胡馬來　護濟竹振信
初六日乙丑入直　梁以豆瘦痛未入直　到署
彗於寅初一刻即出　偉如來　胡雲楣
來　惇王贈星蔔三幅以乙巳占卷之
初七日庚寅入直　到署　臧笠亭來
于功棠　鍾霖來　夏于子戩　衛霖並李嶽
信
初八日辛卯入直　丑刻到內第一次向到奉

滂喜齋

新雲青兩廣福　加班一件　到署接

本　招偉誼柳田偉帶菜五碟四

馬偕灘人一部娃來帶一盒一敫　方赤物

初九日壬辰入直　到署　達旦雨止

馬來二函　胡來一函　自八月起名世　作濟振信土撥

初十日癸巳入直　到署　加班霞下捐並及

越訴查嘉慶廿五年　聖諭　唐維

卿景崧來　運齋來　上諭奉一道

十一日甲午入直　到署　福假　陰冷

偉如來　得初二南信即復
十二日乙未入直　礼直日　到礼署　到署
運齋來　宗瑞殿來
十三日丙申入直　到署　得姚克
諧信號海樓　志袁眾孫中式
十四日丁酉入直　直日晤芷庵張藹瀛就
獲　到署夏侗乘開缺　運齋來
海韵樓來　許星叔刑右童署
十五日戊戌入直　到署　偉如來

滂喜齋

十六日己亥入直 到署辰正會法陳鳳
蓮齋來 楊石泉來 平齋恒軒信 文蓮齋
十七日庚子入直 內到第二次四川加班
胡體安一件 自定案時再行請旨 又
二件 到署 胡壽祺來 馬來
十八日辛丑入直 梁來 到署 壹天 少坐 本日
段巳初到署 晨陰
十九日壬寅入直 梁來 壹天 到署 會法陳彝
知南榜信無人也

二十日癸卯入直渠未 加班二件 到署 重到 右任

風冷換羊皮冠黑絨領珠毛袍褂

渭臺宗房

二十一日甲辰入直 壺天 育六

澂 河南河神匾二面 到署 福湖 運齋

蔣少牧 增榮 來 孝廉方正

二十二日乙巳入直 第三次的到 偕芷菴

封奏

上諭一道 廷寄一道

澂 閱覆試卷 瑞麟 錫珩 薛周王 已刻散 到署 同

八十四本荐廿二荐共六

薛吳攀桂劉鋠來

二十三日丙午入直　四次均到

派題

皇太后畫蘭四幅　到署　董來　廿一起以前同

二十四日丁未入直　壹天　到署　董來

寶感重子固　王序宗西莊來　龢來　胡來辭

發南信　廿五發

二十五日戊申入直　壹天　到署　龢來

潘任卿樹增功華葛慶春徐憩之沅張之獻又馮慕蓉來

立冬戌刻

二十六日乙酉 入直 壺天 到署 福童來
運齋 胡來 復撝叔 文 潘伯循
李振鵬來 馬來 施敏先來
二十七日庚戌 入直 陸吾山 壺天 到署 松童來
二十八日辛亥 入直 壺天 到署 童福來
史館提調來 崔來 晋臻 覆試 錫三來
得四叔、濟竹三姊十八信 即復 梅延 胡來
李橋農傳元 寶森來 芃
二十九日壬子 入直 壺天 到署 童來 象鶴研 熊益信

洎書房

三十日癸丑 入直 直日 到署 童未 臥大王瑑來
上詣太廟乾清門侍班 陶玉琦來 卅光來 壽甫 謝遵堂子霽漫
十月辛亥朔甲寅 入直 卯正二 偉如來
坤寧宮吃肉 到署 童松福來 怡齡
鮑光灼來 信甫來 初二交小宇助渭濱身後十兩
初二日乙卯 入直 壺天 到署 薛未
復芳庭 王小雲 姚鞠園來 崔來
初三日丙辰 入直 壺天 到署 童未 口呼來 霽漫試
李菊莊來 福建司馮芳澤來 斂先來 江亭言 氏司 四十 卯之

初四日丁巳 入直 壹天 到署 童來

雨又雪 寄濟竹信 呼來 胡來

初五日戊午 入直 壹天 到署 蔣童來

得静山信並祀御料 寄平齋 清卿拓

秋樵來 繖來

初六日己未 入直 加班 到署 童來 呼來

初七日庚申 入直 壹天 到署 考王國鏞 曹福瀛

陳廷彥 劉勲 夜雨 繖來 自十分 胡來 來

初八日辛酉 入直 真日 卷偹如 偹師招吃肉 卷蘭撚

滂喜齋

胡來　運齋來

皇太后賞墨蘭四幅大卷六个　到署已散　福童來

初九日壬戌入直　壹天　到署　松班童來

換貂冠白風毛　風　柳門來

初十日癸亥入直　端從補褂

慈寧門行禮　遞如意

賞還　到署　湨來　胡來　呼來　宮子行方來

周廉名世來

十一日甲子入直　壹　到署　福童來

偉如來留飯　寶森來　馬來

仕學規範　[illegible]

十二日乙丑入直　壹　到署　文未　茀卿文濟

振枇杷露蕈油即复　增子良來綏定

十三日丙寅入直　壹　到署　松重未　薛閬　子青

來　祝吳母壽　晤運柳　以對贈石泉

十四日丁卯入直　壹　到署　重未　運來

十五日戊辰入直　茇濟仿信

派驗放　偉如來　送宮子行畫對　信甫來

十六日己巳入直　直日　壹　到署　重未

晤蘭孫

滂喜齋居

十七日庚午 入直 派題 姚樫甫、石杉、礼戚、運齋、王朗清來

皇太后畫菊二幅 壺 到署 童福來 薛出谷蘭

十八日辛未 入直 壺 薛來 到署 大風

十九日壬申 入直 壺 芷蕃來 到署 松童、薛來

張尊三來 竹樓、方正、崔來

二十日癸酉 入直 到署 童來 運齋來

二十一日甲戌 入直 壺 到署 童福來

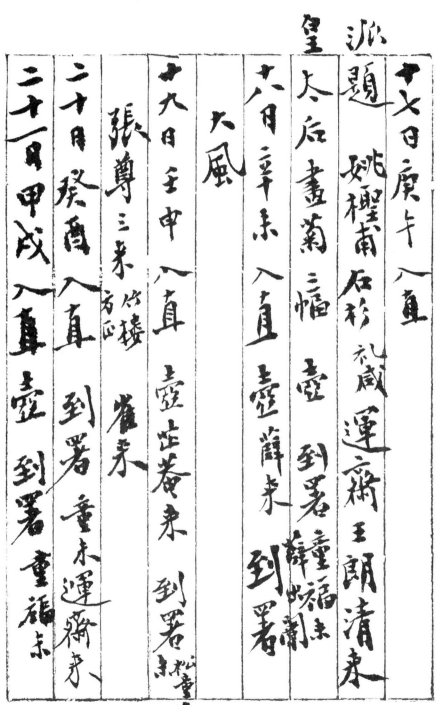

偉如來

二十二日乙亥入直　到署　童未　藴

來　復麟生文偉如　馬來　又言年仲敦　四百先學字言

偉放江西

二十三日丙子入直　偉至壺　到署　松童未

運齋秋樵胡壽祺來　述心岸貂裘

紅絨馬褂

二十四日丁丑入直　壺　到署　宮子行

敬子齋來　馬來　發南信

二十五日戊寅入直　到署　童未　濟南

泪雲書屋

大雪午正三刻

信即復

二十六日乙卯入直 壹到署 文童來

子宜餞行 發南信 呼來還弟監一 王帖一 景君一

二十七日庚辰入直 壹到署 童未 風

答王德榜游百川 朱石峯 文鏡來 呼來

二十八日辛巳入直 上壹到署 薛瀾童未

耿士璟來

二十九日壬午入直 派犒賜 日落 二張 五次的到 山貞熱到

署 童未 偉如來 夜雪

十一月壬子朔癸未入直　到署　文星岩招同
心月子齋龍石卿受之　柳門蒂卿來　殷趙
田來心月辭行　贈頌田麐草　沿日
初二日甲申丑初送心月未見甫卧也　壹
到署福班會法　文暉徐用儀　呼來
劉曉光月瀾　浄蕘來　運齋來
初三日乙酉入直　直日　到署考筆帖
式童來　胡來
初四日丙戌入直　宗殷趙田來　呼來

派薦南河金龍四大王廟扁。到署考筆帖式。

初五日丁亥，入直。壺。到署。文福、章志考筆帖式。

初六日戊子，入直。朝審的到。巳初二刻召對於養心殿。奉上諭在軍機大臣上行走。到署辦孫、周摺。柳門、叔平來。蘭孫來，止其辭，奉命也。

初七日己丑，入直。具摺謝恩。運齋屬不來。引見時碰頭。至三邸及同直寓不晤。

斗南殷趙田來　敬南信　偕芷封奏

泥書房　周華孫解

初八日庚寅入直　到署　春容、陳荔

秋來　秋樵來　冷

初九日辛卯入直　到署　運齋來

初十日壬辰入直　到署　文福重來

賞大卷各一　子青來　冷

賞冬魚　殷趙來

十一日癸巳入直　直日　大風　冷

召對　磕頭又磕頭謝

賞
到署俱散午刻矣
十二日甲午入直 到署 松來 殿趙田
來 運齋來 鳳石來
十三日乙未入直 卯刻冬至 壺 到署 文
福童來 陸春山來 瑞殿趙田來 書譜 冊
十四日丙申入直 王壺 到署 童來 運齋來 書譜
宗殿田來 陳偉傑 歐陽衡來 冊
十五日丁酉入直 書譜冊 張
右對 到署 福童來 信甫來

十六日戊戌入直 上壇 到署 董來 菽南信
偕芷菴封奏閱發胡卷 伯時卷十六
十七日己亥入直 上壇 到署 福來 風
派寫長壽字等底子卅六方
十八日庚子入直 兆子符蘭來
十九日辛丑入直 菽南信
召見 午正到署 京來 郎田來
二十日壬寅入直 夏恒軒 文運齋
召見 祝荃壽 午正到署

滂喜齋

二十一日癸卯 入直 偕莊蓉封奏 壺 晤萊山 劉署 文孫童來 風 晴寒
蔚運齋 幼樵來 萊山來

二十二日甲辰 入直 壺 莊蓉來 晤 劉署 文 點驗軍器 大風 運齋 穀 趙田來

二十三日乙巳 入直 召見 劉署 曾來 文焰 賞鹿尾 鹿肉 大魚 野雞

二十四日丙午 入直 壺 劉署 文童來

二十五日丁未入直 壹 到署 文童來 泥君亮房

朱伯華來贈五十卻之 殿趙田燕

起烈來 寫對六十付 得初六南信

復濟云振民 柳門來

二十六日戊申入直 壹 到署 運齋

來 對六十付

上 祈雪大高殿

二十七日乙酉入直 直日 到署

派 恭代 吉祥四字五分又六分 對六十付

二十八日庚戌　入直　午到署　文童福来　餘已散

召見　得清卿信即復

派恭題

皇太后畫蘭四幅隸四字　運齋来

二十九日辛亥　入直　寫如意單　長

壽字十三言對五言對福五方壽一

方天佑皇清一張　到署　童来

胡来　馬来　蘊来

三十日壬子　入直　到署　一人到　一點鐘

偕李陳至英美德吡叱日館歸申正三
十二月之癸丑朔之癸丑入直　到署　文松林
穎來　廿　發南信　劉仲良來
初二日甲寅入直
召見　賞柿餅　到署已正俱散　運
齋來　胡來　馬來　早　通如意單
賞　大卷一祀衛料卷一　斗南來　呼來
初三日乙卯入直　壺　到署　青吠葉
來　呼來　還鳳石罕在廠西緣

初四日丙辰入直 復一山岱東 嶧卿來
右見 到署午正 呼來二百 寶森來
請來二百 潘祿祖希彭來復謨卿
初五日丁巳入直 卯正二
上諭
壽皇殿隨同行禮 到署 董來 宗培來
初六日戊午入直 到署
大高殿祈雪 第二
初七日己未入直 到署 青士薛

炓耘祺成殿趙田來　賈對全完

初八日庚申入直　未初到署俱散

召見　寶森來。四十

派恭題

皇太后御畫松鶴七絕一首並隸四字

陳寶箴右銘辛亥來　袁善來

初九日辛酉入直　還運　百五十只十

召見　未初到署會法已過　運齋來

時來二百　宗培來　王振鈞來

初十日壬戌 入直 到署 星炜明日復命 胡来二百 馬来

十一日癸亥 入直 蘇来四十欠廾六

賞樂窩壹 到署 松来 寶森来六分

秋樵 運齋来 刻字鋪一百 胡来

十二日甲子 入直 雪花即止

賞鱘鰉魚回 細魚一尾 紫蟹廿个 到署

福来 星炜 文来 南中十一月初二信 發四炜濟

竹信 振平 平齋信 文運齋

[illegible]

十三日乙丑入直　王小宇卅　胡來

召見　未初到署　吉榮帆來只道

十四日丙寅入直　胡錫祜心齋來

派寫對四付歲歲平安底子二分　到署

飯於總署　俄國拜年

十五日丁卯入直　胡[illegible]　雪花

賞藏香　到署　潯南十一月十二信　心月信

十六日戊辰入直

召見　未初到署　復濟之姑年　瘦羊振

滂喜齋

民眉伯及三婢信　寶森來

十七日乙巳入直到署　許（文未到）（未到任）會法張鳳

青士柳門來

十八日庚午入直到署（許到任）崔來

召見　呼來二百（紀寄十）寄仲敷　胡來　寶森〇來百

皇太后大安　手復張雲卿　𢇁孫燮　贈對幅

賞松竹並茂四字

賞黃米糖香水梨藏梨平頂香書結共

六種

十九日辛未入直

賞花料二掛料一帽緯壺 到署

筆彩來 蘇來 翟來

二十日壬申入直 胡來 呼來

召見 復鑑堂對幅 夜雪達旦

賞鱘鰉魚 到署已未初 是日辰刻封印

廿一日癸酉入直 子刻敬神

召見 到署 文誠班薛到 信甫來

蘇來 復知魚 復石安對屏

滂喜齋

二十二日甲戌入直 刑部加班十四件
到署 朝房晤同人及芷菴 運
齋來 得南信 書順 潘慶瀾來
二十三日乙亥入直
名見 蘇來 胡来 兩數
二十四日丙子入直 晤星屋 茶邸 到
署 薛 運齋來 蘇來 名世尊卅 瑞廿
二十五日丁丑入直 運齋十文撕 崔來二百清
名見 未初到署 遇福 柳門來 百五清

發南信明日行
二十六日戊寅 入直 午正到署 文許已散
穀卿鳳石來 呼來八百八十尚欠廿 穟來 寶森
來 復仲館 夏陸存齋 文仲田
二十七日己卯 入直
己正五春
青士秋樵胡來
右見
賞慶藹迎春四字
賞延年益壽二張 歲歲平安一張 貂皮十
張 袍料六卷 褂料二卷 到署 文薛已散

二十六日庚辰入直　黃酒館付此五十廿一年未

上諭

太廟乾清門侍班補褂

派恭題

皇太后御筆松鶴二幅七言詩並

隸四字　祝佩翁　到署

二十八日辛巳入直　恭代

御筆福貴喜財神位等五件　到署

賞荷包　穉來　白巳六百　呼來　先

梧寧康生 苐卿 運齋 柳門來 長
允升芬來 陳石銘來 胡雨敷
三十日壬午入直 梁 四十三 筆彩 六衍 公六千
賞荷包金銀錁 祀 尋 廿 連前共卒
祖先祀 籍 已付 六百 賞 只百五
竈 呼來 馬來 廿 又九月 复恒軒 交
運齋 宝森來 十二冊 卜霖來
宜子望之第也 得辛芝信
為偉度身後事 即复文宝

隆寄

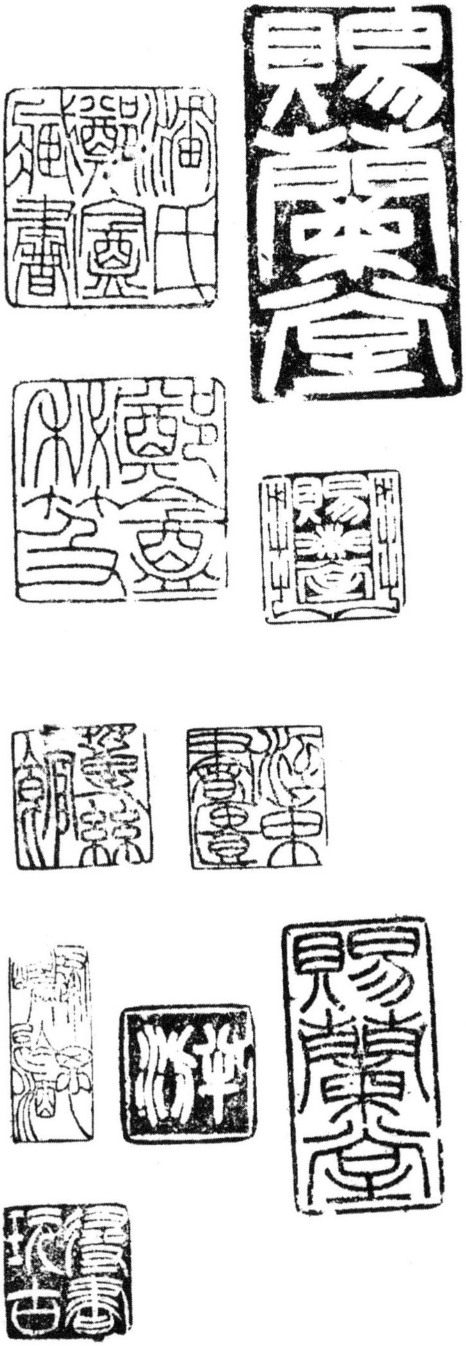

潘祖蔭日記·光緒九年

（清）潘祖蔭 撰

光緒九年癸未日記

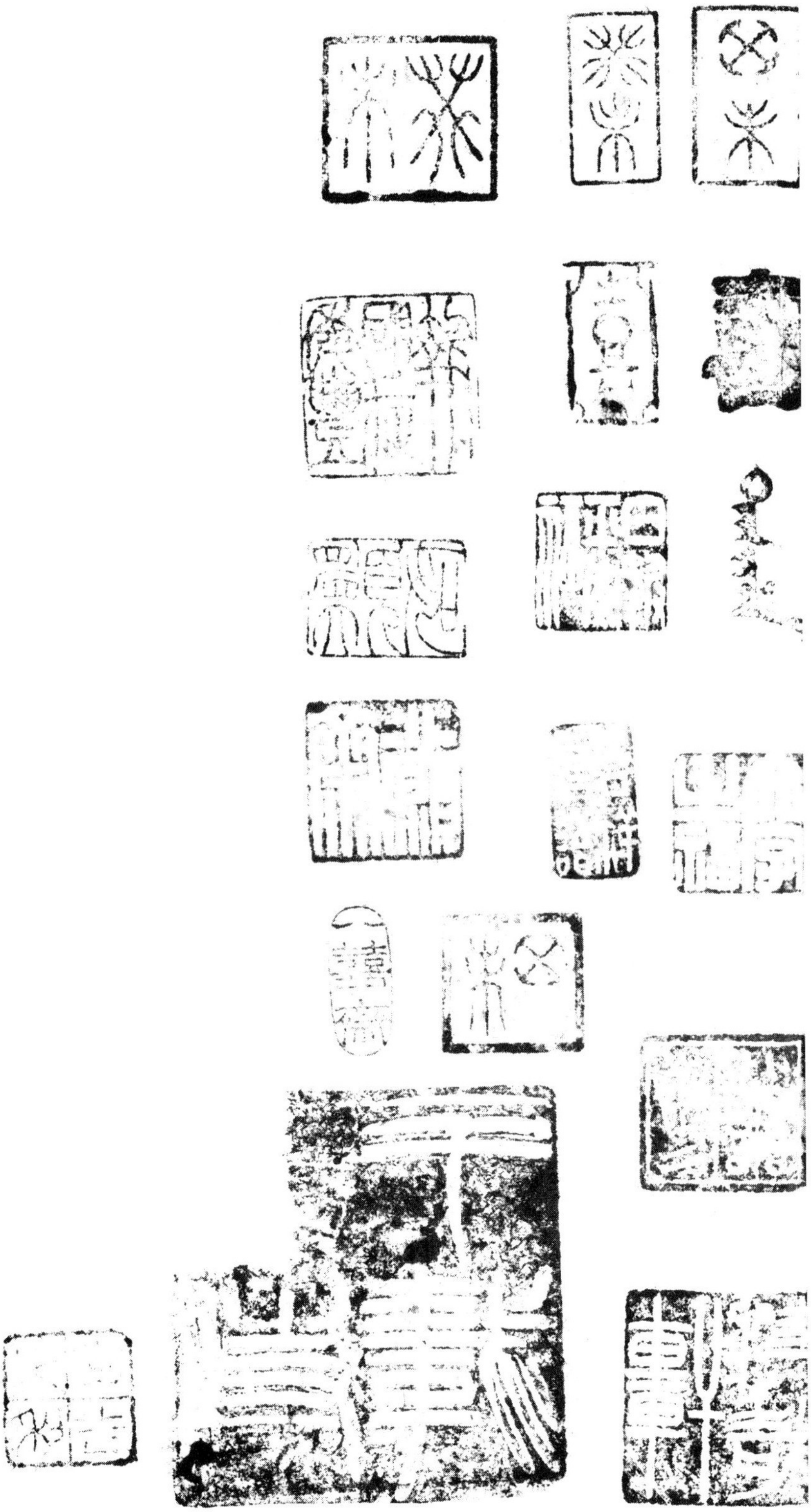

光緒九年癸未正月朔癸未子初進
內前門
關帝廟拈香卯初養心殿
召見遞如意　賞還
賞八寶荷包二个辰初
慈寧門行禮
乾清門行禮巳刻
壽皇殿侍班隨同行禮孔雀房恭候
賞荷包一个

駕到時謝
恩
懋勤殿開筆 諳恭邸醇邸祝蘭
蓀
初二日甲申入直 卯正 大雪子正至巳初
坤寧宮吃肉補褂到署
初三日乙酉入直到署 答客
初四日丙戌入直 到署 答客訪吉
榮帆不值 運齋信甫來

初五日丁亥入直 同人偕詣恭邸 發
濟之竹年眉伯瘦羊振民平齋信 初七 胡月樵來
初六日戊子入直 答佩蘅 巳初到署大雪
鳳石來 仲良來 大雪時作
初七日己丑入直 到署 大雪未止 午晴
胡來 郝近垣來
初八日庚寅入直 到署 蘇
名見 雪時作 夜雪 長允升來
初九日辛卯入直 卯正二

上諭到署松呼来皇甫四冊運来

太廟乾清門補褂侍班恭代

皇太后賜榮壽公主卅壽扇對恭代

上福祿壽喜四方雪寄平文運

初十日壬辰入直到署文叔俱到餘在烊平

屬招寶李景壼寅雪辰愈

大辰正止

十一日癸巳入直菼濟竹信

派題群仙祝壽圖五律一首到署金

到面商王樹文案 呼来 左清

十二日甲午入直

到署已午刻 劉春軒潘商道 劉仲良浙撫本日請訓来

召見

十三日乙未入直 到署 壺 佩翁招

同直於東園申初散

十四日丙申入直 壺 到署 薛斗南来

上諭 奉先殿內右門侍班

信甫来

十五日丁酉入直 壺 到署 門達福

辰正微雪　運齋來
十六日戊戌入直　午正到署
右見　朗清來
十七日己亥入直　壺　答惇邸　到署　文松　薛
青士來
十八日庚子入直　到署　加班十件
右見　文星岩招本日辭之　運齋柳門
蔣卿　葛書農昆　鄭小亭贊坊　盛蓉洲　植
型來

滂喜齋

十九日辛丑入直　到署　秋坪招　萩南信

二十日壬寅入直　賀芷菴太夫人棣鄂氏八十　到署　文松雪　青士來

鳳石來　胡來　世勳送翁北閣帖原本郤之

二十一日癸卯入直　午刻閱卯　到署　薛

光緒九年正月廿一日以後日記

廿二日甲辰 大人於昨夜亥刻中痰不語
本日丑刻瞑目而逝搶地呼天百
身莫贖痛哉 運齋柳門鳳石
經伯仲田董彥台來 來後日日翁李薛
澂來 申刻大殮 運齋一切皆其照料
廿三日乙巳 酉刻接三 演口同真同寅均
來 司官門生來 發南信 八妹來
廿四日 奉 再發南信
上諭追贈三品卿銜賞銀二千兩等因

欽此 来客不備録

廿五日丁未 李翁来 客不備録 地 地山近
菴来 三妹来

廿六日戊申 漆飾第一次 王朗清祭
客不録 青士来 報銷案派
子青

廿七日己酉 編録年譜 吳汪各祭
客不録 以下全此 八妹帰

廿八日庚戌 頭七 念經 演口 羊舫 悼王祭

董妹祭　法源寺祭　袁氏三太太祭

陶妹祭　文星屋再來　槓房定

四千吊　馬工頭祭

廿六日辛亥　漆飾第二次　運齋交來

孝達信由樹樵交　客不錄　訃目清出

明日請人寫簽　在假山洞高慎德

餑二桌

二月朔壬子　請寫訃簽　徐迪新徐

寶晉吳少渠沈子培許雅棠劉

滂喜齋

球詩　王小宇　王廉生　韓蔭棻　耀

曾梁經伯　楊雪漁　彭仲田　顧康民

陶妹歸　寫訃五分　惇恭醇載萬

共一千七十分

初二日癸丑　得正月初八日濟之振民

信　江西司祭　韓鏡孫來見

寶佩蘅翁送粥菜蔬

初三日甲寅　壬戌山東門人祭　醇王

送餑餑菓　豕羊各一　敬子齋再來

滂喜齋

得孝達豹岑書未復　運齋言

平齋正月十一去世　酉初雪　復濟

之振民初四發　文錫送歸々桌　歸々桌半分一

初四日乙卯　刑部文張松蓀福許公祭

丁丑門人卅一人公祭　壬春沛祭席

風　運齋一切皆總其成無日不到至

戚究異於人也　客不備錄　下仝

初五日丙辰　漆飾三次　癸酉門人祭五十餘人

宗培祭　三姪女偕劉姪壻來

初六日丁巳 二七念經 龍泉寺祭 梁

陸公祭 劉姪壻祭 潢口芋正卑

風 得合肥信 如冠九言信復

初七日戊午 風冷 柳門交校訂年

譜即付梓 崇地山再來

初八日己未 雨 班漢章京祭羊石府 湖廣司

來人 恭王進徵員勤果送障時平十三次

來 得濟之正月廿五信 瘦羊信

薛撫屏來送分 張丹村信未復

初九日庚申　兩班滿章京公祭　雲南司福建司公幛　蘭蓀三來　幼樵再來　廷子雋復　恩良祭

初十日辛酉　子靜姪來　雲南全司　國史館提調等戶部工部各司來　翰林院幛　都察院幛

十一日壬戌　文星厓文書田孫錫之再來　郝近垣祭　司務廳等公幛

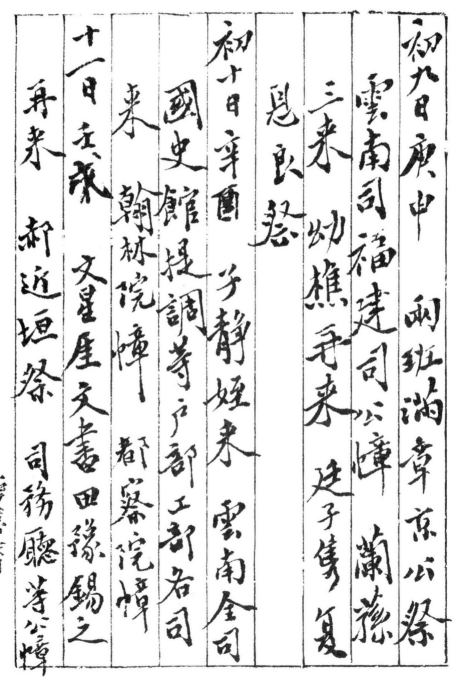

江蘇合肖托鄧小村　陸善星垣　紫文山
甘譚文卿　吉清卿
閩托何小宋　湘德小峰
山東陳雋丞　安裕壽山
川托丁稚璜　廣壽山
康托剛子良　兩倪豹岑
直托郝近垣　蕃鎮青
山西張香濤　雲李藩生
江西潘偉如　湖北彭芍庵
湖南龐省三　貴林接旦伯

蜀茶件報緞九件蔡丹
報十二件有匣四方每匣四寸
每字小匍六廿件一匣
報三件每匣
碗麵六六一件

十二日癸亥 八妹三妹來 乙丑辛未 丙子

門人及同事寶李景翁公祭 湯四

村二弟信 即復 裕德祭 徐乃秋再來

十三日甲子庚申 三七 五姨奶奶送經 胡先生祭

八妹祭 演口亥刻畢 福珍亭貲 辛楣再寄

十四日乙丑 國史館漢提調等公祭

李問樵祭 福綏庭 鍾渚英來

外訃約四百餘分 十五發 四妹二弟信

六科公幛 南中托 托二藍寄件到

寄合肥信（仍托）輪歸照料。三妹歸。

十五日丙寅。寶竹坡、田季臨再來。王茀卿、汪范卿祭。晚演口。得偉如信。

十六日丁卯。領帖。晨霧，酉雨。熙年、泉生、兩姪來。翁羽、李景松均又來。爾邱來，陪客。客請十二位（畢）。三位湖唯長華敦。客三百餘人，誼卿以初散，可感也。分六百兩，票七百餘丹。雪至次日午止。

十七日戊辰。熙年、泉孫、兩姪來。子靜亦來。

未刻請蘭孫點主斗南鳳石誼
卿柳門相題 戌刻行啓奠禮
紹曾民王信甫十餘人來
十八日己巳 辰刻啓殯由本胡同北口出東
大街至法源寺門人踏祭四寄壬戌
癸酉丙子丁丑未刻神主回吉即回
至寺宿 得合肥信
十九日庚午 季問樵松峻峯來
申刻返寓 發四妹濟之信

滂喜齋

歸。廣後沈士鐈来
二十日辛未 四七 董彥合吳運齋
泉孫陸鳳石胡子英来
演口夾刻畢
二十一日壬申 陰 漆原奉飾廿八 上布廿大砑布
張幼樵来 得撝炌福益三鄂鳳
岐信 大風 回寓
二十二日癸酉 衷啓甫刻成 得四炌
濟之振民桂清姊眉伯信十四日所發

即復廿三發　大風　孔先生來廿六
請朱先生（賜卿 丙子翰林）權館授年弟讀　回庽
二十三日甲戌　請梁經伯寫簽　大風
運齋來得愙齋書　再書寄四封
濟之廿四發　張安圃引見御史（欲另易宅）
二十四日乙亥　大風　漆飾上布四人
又寄濟之書共八紙　廿五發　經伯到庽
寫簽名直眉訃也　殷還浦如珠來　回庽
二十五日丙子　發濟之信　靜涵來見

滂喜齋

郋近垣乞撰蘭畧先生全集序　茀卿代爲之　本日交來　回鬳
二十六日丁丑　運齋到　廟　並到鬳　未
先生（號賜卿銘啟修）到館　吳梁孔同陪　外計裝
夏偉如　文運齋　夏恒軒　文運
楊聰來　托醉棠寄葉鞠裳聘書　金廿
二十七日戊寅　寅初上供　五七念經
演口　仲田經伯亞陶運齋來　董彥
合孔醉棠來　鳳石子靜熙年眾孫來

江柳門陶見曾劉姪壻來六弟泉孫 于南華卿來

夜微雨

二十八日己卯 發四姊濟之麟生書 上反添

姊丈韓鏡孫來 回寓

二十九日庚辰 運齋來 秦氏三甥來

得順伯四姊濟之竹年廿二所發信 復初

一叢又振民信 柳贊卿來 回寓

三月丙辰朔辛巳 復恒軒文運齋

江香岩李洵安王信甫來 渭若

農信即復。運齋來。河南王樹文
業師日結。青士放河南守。回寓。
初二日壬午。復香濤、文炳樵、濤師、横
布、徐花農、汪瑜伯、奎斌。運齋來。
夏芍庭。回寓。
初三日癸未。年譜送柳門校，廿七送去，本日送
來。文刻字人改正。辰徹雨。回寓。青士來未見。
初四日甲申。年譜始付刻。柳門校還。說文古
文考刻成。得遁垣信。初二索還曬書堂文集、業

滂喜[illegible]房

記筆錄等原本即交來伻帶回　運齋青之
士来　潘譽徵函　國琦吉順来　杭州丁丙子
寄廣主誠送家刻百餘冊西泠五布衣詩杭郡詩輯西湖叢編
初五日乙酉　六七念經演口　孔醉棠王以懋
来　朱賜卿敏修鳳石彥合来　運齋来
即復恒軒　胡芳英来　叢南信
初六日丙戌　復鄭盦東　文寶皆到寓
回寓　運齋上陵　東屏信
初七日丁亥　大風　晨馬驚折足

回寓。蘭蓀到庿不值。腹疾。

初八日戊子。沈守廉來，選永寧道。回寓。夜腹疾大瀉。

初九日己丑。押布灰漆。得招商局黃刺史（應笙，號筱農）信，即復。夜腹瀉五次。

初十日庚寅。蘭蓀來。得四弟濟之初二日信。夜瀉七次。回寓。

十一日辛卯。復南信。

十二日壬辰。七七念經，演口。劉春軒

鄒承源　葉成林　王朴臧　王二　劉興

諸　　唐家莊粮

来辞行 孔醉唐朱賜卿彥合柳門子

英来 繆小山潘希彭来黄紹箕来

亞陶来 得仲良壽山信 得黄漱蘭信

十三日癸巳 陰 漆匠来 上布 胡良駒来

同庽 夜雨

十四日甲午 大風 寄出書貼縣古廟

帶件貼縣古 胡子英来 汪眉伯運

齋来 夏振民

十五日乙未 眉伯祭廉生来

十六日丙申　復濟之初七信振民
信　漆飾押布風　書七十三
箱書架書匱　件寄法源寺
以齋刀共刀明刀一箱寄廉生　篆濟來
古匋廿七匣六百七十六件交廉　又三篋（筐）一匣三
百九件交廉生秋樵來
十七日丁酉　約合英閣裝古器粉（控）鐘一匣枚一
又無字鐘一架寄廉生　眉伯顏聘卿
孔昭泰運齋曾紀鳳來　以匋器卅九件

瓶罐十九件　罄一件　瓶十一件　有匣者四　又三
匣又無字小銅器廿件　一匣又破銅無底器
一件又廣生又漢唐竟十一面有字無字
兵器九件　權一件　又刀笵三件皆無字
子靜到寺未晤　啓英裝古器　以下同
十八日戊戌　熙年江佐清王小宇來
豫綠樵　章泉孫來　鐘十架二　彝刀五耶
（又六…）瓶八文廣生　又古泉二匣　內一四匣　一二匣　又箋版
一箱又大墳　同作乃[illegible]

十九日己亥　漆飾中庋四斤　浙同宗
陸荣運齋来　容方桂文燦来
石刻三箱綜箱二紅皮箱一交廉生
二十日庚子　叢濟之信　收拾拓本字
畫五箱交廉生明日送　付寶森六十四兩
又飯錢四十千　是日換涼帽　汪瑜伯来因忙未見
二十一日辛丑　陰雨　運齋陳貞来
廉生寄送昨裝之五箱又今日之大長箱
又禚冊拓本箱共七箱培之詩復　楊保彝来

又一箱共八箱交廣生　又馬鞾一對　漢洗連
架又建文椎又自用印木石五匣　錢泉九
十五枚交廣生
二十二日壬寅　六十日　念經　演口　漆飾
細灰　子静彥和酢棠康民咏詩來　复
偉如緝廷　朱賜卿運齋汪瑜伯來　廣
生來　申刻後陰　小雨
二十三日癸卯　小雨　拓本箱第九第十交
廣生　得四叔濟之信即复廿三

滂喜齋

又裱冊拓本、裱拓本二箱，文廉生。

得四弟濟之十四信，即復，廿五發。

二十四日甲寅（辰）。運齋來。潘衍桐來。

宋元板書三箱，漢洗有字者二，無字大

內鑵一，無字鼎一，文廉生。

二十五日乙卯（巳）。發南信。雨。無字大鑄

文廉生。廿五日（三）漆飾漿，灰三斤。

二十六日丙辰（午）。夜雨達旦。以宋元本

二箱寄廉生。

二十七日丁未　晨雨巳刻晴　宋元本
一箱寄廣生　本日止
二十八日戊申　漆飾　沈潔齋來
肆行　長允升王信甫到廟
二十九日己酉　運齋胡千里來　胡來
寶森來收拾南旋書　叢南信
三十日庚戌　立夏　浮四材齋之瘦
羊廿三信　胡來二百　朔四百
四月丁巳朔辛亥　叢南信

〻〻湊餉十四次 胡家數 文長大册

初二日壬子 發南信 合前三函同發

共四函 寶森此次四日裝書

又寄濟一函 内有訃屬翻刻 運齋蘊苓

子靜花農來 胡來二數 清

初三日癸丑 靜函以其前代和尚象求題

發南信 言擬二十日行 秦石麟來

蘭蓀到寺 合英收拾完

初四日甲寅 〻〻湊餉十五次 雨 胡來 得陸

存齋信及藏書志及集及叢書二集

初五日甲寅 晴 誤運齋來 廖仲山來 風

致濟之信

初六日乙卯 柳門來 馬東垣未來

初七日丙辰 晴 漆師 未見 柳門來 秦閬 秦佩

崔吟樵來 馬東垣來 復王符五

夜雨達旦

初八日丁巳 雨寅正止 秋樵來 蘭蓀

送科盤二

潑墨齋房

初九日戊午 寄濟之信 趙展如到廟 得濟之振民初一信 復

初十日己未 寄濟之信 以益甫密齋對陸贄書之集寄廉生 運齋陳研香 趙展如來 李和生 葉挺生來 因屬蘭蓀來 宝森來 卅 王振鏞來

十一日庚申 芳靜來 長泰赴通 催送太平船二 眉伯前日來 昨日去 權文公集寄廉

十二日辛酉 寄四妹 濟之信 漆飾 十七次 止

[illegible]

運齋子靜瑜伯來 汪佐清來 孫欽晃未見 泗書房
林平來未見 腹疾
十三日壬戌 潘師以下誤寫十二日 又寄濟之
信寄郝近垣信 黃花農信 陳世兄
彥鵬來 頌南師子行六贈以廿四金
李壬彬 廷杰 鍾壎裕彬 穆特亨額來 風
熙年 泉孫 花農來 劉寶鋪四百金
十四日癸亥 迎祥 陰 散南信 運齋杜石生鳳
石來 汪瑜伯來即以帳目交付明日先至
通

十五日乙丑 午風 陞楳來 子靜來 胡來卅 三百

長卅卅 餘廿五卅卅 寶森四十又廿千 斗南來未見

十六日丙寅 發南信 法源香火二百八十

千 香資廿兩 梁卅 算卅

十七日丁卯 山東門人公祭孫紀雲 高彤

瑄 鄭鳴雲 馮瑞辰 劉中策 李端遇 陳秉和

同鄉劉咏詩 瞿業康 但毅夫 仲田 申之 康民 範

鄉弟鄉誼鄉柳門公祭 幼樵 熙年來

黃子壽 李士彬來 以俸米捐粥敞 棺票卅 文誼鄉

十八日戊辰　吳均金吳瀛上祭　程椿壽上
祭号李園以衆堂弟山東通判　韓濩祿
上祭　炘平上祭　秋審趙時熙陳惺馴
王田來　三泰上祭　蘭蓀上祭　燕起
烈來　秋樵來　戊初雷電雨　潘慶
瀾來
十九日己巳　張霽亭杜庭璞馮伯申吳汪
董亞陶賈幼山世錫之熙年秋樵仲田來
癸酉陸蔣式芬周志靖沈士鏃長芊

滂喜齋

馬錫祺　徐致靖　何崇光　魏晋楨
趙增榮　趙尔震　程慶　李潤均　徐
寶晋　張寶昆　孫承鑑　吳蔭培　沈
曾植上祭　世錫之上祭　朱子涵來
李蓴客　王廉生小宇　楊頤　陳昌年　王邦
奎斗南來　會章來　江蓉方　范農　王
忠廉　運齋來
二十日庚午　寅刻啓靈（運齋、康[illegible]一人而已）　午正　獨龍槓
抵通　三号太平船　又小船一隻

八妹蓮妹均
送至通州

王酉（魯）鄉薛撫屏郝近垣韓鏡（李[illegible]來）
孫來熙年泉孫瑜伯同舟申初
開船酉正柳右莊泊憶道光甲
辰八月奉 先妣靈柩曾經此地
今復奉 先君靈柩泊此悲哉
二十一日辛未寅初開船白糧船極擠
舟子竟日呼叫賴今年水驟長十
餘年所未有也水自十九雨乃增
午初前過張家灣未刻過漷縣

馬頭酉初楊家灣泊距橋上十里

據稱行百餘里日〻淺

二十二日壬申丑正開船戌正泊蔡村

二十三日癸酉寅初開船至楊村

黃建筦朱乃恭差接黃金

鏞練軍接 金陵 官子望花翥來

王得勝來 縣 顧運使 勤精 玉如 顧周道 敫 玉山

來 劉道樹堂來 韓 韓宗清來

至天津巳戌初 砲船迎送

二十四日甲戌 廖穀士 瞿永嘉浙省甫到[illegible]臺一房 趙遁啓心 劉
亨霖來 韓宗清上祭送席 巳初張
振軒宮保 顧運使 周道 劉道 宜守
北河同知李蔭梧 候補府徐翰臣 津
鎮鄭國魁 候府繆彝 候通判方灝
國津左守備吳振清 署津右副將
夔道明 津都司副將徐傳藻來
並上祭 朱福榮姜樓 子望來送 次
巳刻開船 朱乃恭送席 [illegible] 巳正紫竹

林十　初　黃花農備執事請
靈輀上豐順大館，巳大殮，閉四
門，二百十刀，賞四千卅。花農、張敬熙友堂上祭，
胡良駒来。發電報，午刻得信。
楊春貴、周士海、彪德、鄭世貴、
徐獻廷、馮玉春、袁文堯、劉芝順、
李正坡行礼。廖谷士、瞿永嘉、竹庭
来。花農送席，子望送果點，發
行李。自午至暮大風。子望、花農

鄭鎮顏玉如劉景濂周玉山又來
許涑文差送 鄭芋一峯子望又來
送 荻農張敬熙來送 眉伯別去
癸酉 侃文復來 分發江蘇州判
二十五日乙亥 丑初起 寅初開船 風
昨止雨作 自紫竹林以下仍易淺
辰初過新城 百里紫竹林至大沽二百
四十里 午刻出大沽口 風 船主茶
哆時來見 未刻淺 候潮 云六點二

刻可行，至八点行，擱淺，四時

二十六日丙子。作致蘭蓀、村平書。到申發

晨有霧。又運齋、廉生書，交蘭

辰正二見島嶼，當在登萊間矣。

廚中辦洋菜，以腹疾屬萌姪

食之。申刻過成山，嘔吐者多。

二十七日丁丑。未初過黑水洋，天氣晴

朗，有風，可著棉。夜過佘山，見

神燈。

二十八日戊寅二刻近吳淞口辰刻進吳淞口到金利源馬頭濟之來即換蒲鞋頭謝家福謝鈸業維韓湯紀尚楊靖參將陳永春鏡如子靜守備傅文彩李少荃節相通判陳嵩屏朱霞姪光宸移至珊記馬頭潘琴軒許仲韜濬振民來嚴錫康來上海令蔡光旦來移泊老閘行李運延故也

滂喜齋

餘道洵來号雨亭
濟之廚范姓振民廚王姓試之
明日再試之行李船六點鐘去
到遲矣小大輪船借四隻
坐船連濟之四隻行李船五隻
通判蔡滙滄來發蘭蓀四人信
發電報至穌片刻可到張桐來
二十九日己卯丑初開船申初刻抵
婁門內倉由四姊及弟姪親戚俱到地
方官自織造藩臬以下來祭

五月戊午朔庚辰寅初刻啓靈移獅林寺四鼓及弟姪親戚俱送麐生沈宝恒維聰吳國樺家有福敦先志鷴瞿仁麃志裘攸志縣汪頌聰新簡祉開祺開禔之昌介祉惠顥棪藩果泉鄴府畢孫金陳陽陶郎灝汪郎達黃果常銘之祖緒朱維寅汪宝森守倘易以兩丞達伊姚朴長恒沙洋元朱福清程蔭奎張豫立鄭學濂陸曜彥

洪鈞 彭慰高 史恒善 顧文彬 任道
鎔 陸國祥 吳寶恕 潘遵祁 嚴辰
吳艾生 李景范 狀觀元 小雅 王鎬
春 任柳林寺 瑞兄 陶民 振民 同年 如
耶東 志崔國清 立山 金吳瀾 陳遠 戴陽
學先 吳大根 碩卿 沈仲復 陸增 叔志 晖
吳家楨 汪樹 彭陶 承灏 汪頌 彭陸國
祥 陳復 楨 吳嘉楨 介祉 汪開祺 汪林
君誦 葉汪 北培 都司 王秉璧 志萬 介福

牧先陳嵩屏吳郁生丁心芳畢保釐
汪福安鄭雲樵許應鏘來 小雅將
〻看同[illegible]飯而歸
初二日辛巳百日禮主僧中和如昇人
來見 四叔二兄弟侄輩來蔣心香
志恢嘉植汪潤祺汪鴻祚汪心松葛承
基洪鈞汪以昌陸鳴鑾吳郁生介祉
牧先志穎仁康汪之昭陳壽昌許
鈞介繁侶芰孫洪秉鈞葉鞠裳孝

念經　濱口寄居來　桂清　三鼓去

初三日壬午　始到金太史場賃屋婦及

第初一已到　譜兄瑜伯來至通艇歛慎

尊長俱見拜鞠叢　樞廷同直及三邸

信運齋柳門鳳石廉生花農秋書同寅

謝　信洵文文卿

初四日癸未　三点鐘赴獅林寺領帖中

丞等來　燮來　客不備述　申正後

歸　發少荃振軒小村信　三房送經

是日陪乃君伸則吴子寶吴培卿
吴語樵洪文卿戲則陸小松汪魯
岩瑜伯桑聽崇小禽家子珊麟生
桐生 次日濟之赴壬峯
初五日甲申 汪魯岩瑜伯幹卿陶民
四姊來 藻熱而風
初六日乙酉 瑜伯之兄羅 四弟二弟九弟太官來
先君生忌 畫禪寺念經 附 眷廣安朱錢清
初七日丙戌 請葉鞠裳先生到館 李世兄來

滂喜書房

以下皆缺

月到香來。室瑜伯、三弟、六弟、泉孫熙年作陪。陰雨。文卿、廣安、堂前五位、內侄任蔣橋靜林之子來。貝康侯、復齋來。廣安薦書舖世經堂刻字毛上珍來。

朔己卯。蘭來。廣安薦裱褙家翰墨齋大順坊巷孫姓來。濤飭弟一次。

初二日丙辰。晨雨。寅刻赴家巷石子街堂前拜祠。百花巷四姊留飯。

初三日丁巳。謝孝晤二兄、怡琴來。愉伯濟

之來　手復德小峯竹年　作蘭孫運齋書　初十發　三濤帥

初十日戊子　謝孝晤培卿　瑜伯來　四姊來　瑜伯為購松柏木柏洋楓珠蘭末利雀梅共十盆

以年譜二百金寄尊客為先君銘文　文運齋托培卿由阜康寄　能彀辭行至竹年十弟處也

十一日己丑　謝孝三日之末日擾輿夫云云　畢余廿年未歸故里其巷陌已不識而隨

湘雲閣

從諸於人無一知者無如何也　志鶴碩庭來
取乙酉日記閱之如隔世事　瑜伯來　陰雨
十二日庚寅　晴　訥生訪仲復彥士檀甫皆
不直吳中諸葛起也　雨　手復宗子材
寄偉如文吾培卿內有撝叔書並年譜懇譔　先
君墓文　二弟來　彥來　訪廣安
十三日辛卯　瑜伯偕小侖來　濂卿　仲復
雲楣來即復撝叔文雲楣　汪景韓景
叔珍妹之子　汪叔鴻北街洧甫之子　陶承潞　織雲及其子來

堅甫同來　汪振民來　陸蔚庭毓伊來　並
為趙星師金石補正及百專拓本
十四日壬辰　至界石浜敬展
先妣　繼妣塋丙舍蕩然羅圍亦毀遂
偕俞王瑜伯訪培卿商要葬修理事卯刻
歸　發運齋柳門廉生信乞書墓志
培卿來　熙年赴義貞祠行李道應騂其姊文
十五日癸巳　至賀嶠卷
宗祠鈕巷

滂喜齋

祠堂御林寺 石花卷見四妹濟之 濟瑜

來 晚似欲雨而虹見 夏桐西

十六日甲午 廣安四妹翰墨齋來一飯 三起

遂眉辰至巳 閱書三 送濟古器拓卅天卅二漢紫

答吹角壇鑿堂子米帖聚陽刻 仁屋送碩庭

詒晉少穆 荷屋 姬傳 送濟瑜 並煙波扇 碩携

新經鍾來 酉雨即止 石查殻宜來 淥飾

十七日乙未 答石查 殻宜 石查殻宜來

道 清小秋壽駘來 培卿來 午後雷雨 答蔭甫

海秋子

[illegible]

大雨再作　答曲園　以小峯信交李胡
十八日丙申　复芳庭　瑜伯商葬事
石麐来　得誼卿信並啓信二件　頌庭瑜
伯来　還邦鍾文頌庭　任浣香百帶諸平
十九日丁酉　至寺到家後　潘飾第四次在瑜伯
門人高承基　陳濬方忠漆来　廣安来　得
京報内張孝饗信　五十　趙述人　齊香輝
二十日戊戌　發運齋　鳳石　筱珊信　昨夜雷雨
陸蔚庭来　族姪佑之　光宸　姪孫容甫来

二十一日己亥 沈中復招看鄒鐘頌敦簠文已鼎叢于姜丸成 王振鵬荔支張即之書柏行省垣聽鸝樓三面河又項氏千金帖閣帖繼又雲物又米跋褚河南蘭亭詣晉齋物又孫退谷黃庭洛神等又王右丞新忠經趙千里文衡山卷濟之泉孫頤庭來飲同步怡園 夜小雨 看泉孚

食荔支佳

二十二日庚子 晨小雨 夜運齋筱珊廣生花農信 廣安瑜伯來 陶方琦來未見 夜

滂喜齋

大雨
二十三日辛丑 瑞蓮庵樹坡夫人廿周年
至百花巷見四姊 濟之 叉 浙劉德信
蓉陶方琦 瑜伯去看碩士 李筆漁嘉
福來
二十四日壬寅 胡春及來 若卿師于 麟生來
二十五日癸卯 獅林寺茂姊念經 晤果孫 復齋 訪
濮甫未晤 瘦羊 銅士 陸存齋來 碩庭來
李生魚來 得智鼎 散盤拓各一 竟一百廿四姊

滂喜齋

以上皆誤

來陶民來留飲　戴少梅來　爲銅士題温虞公宋拓塼塔
二十六日甲辰　蓉少梅存齋已行　發運
寄廉生信　虎人遞之　譜琴來
二十七日丙午　漆飾　雨　曲園送筆記
仲復送酒及沅款識　吴蔚若借顏家訓
沈絜齋來　復齋來
二十八日丁未　蓉絜齋訪眉生　俞曲園
任小沅來　以龍字十二龍帋一付裱
以御筆文瑜仿作畫　泉孫硯庭來同

滂喜齋

飲步至顧園還子山小沅步至師竹　復呂憲秋

瑜伯做花祭六

二十九日戊申　爲香禪題卷二碩庭拓冊一送瑑孫

拓百五十

六月己未朔己酉至　寫徐鄭母雷序　雷雨

宗祠鈕巷獅林寺百花巷見四姊四姊母二弟

答小沅　程韶泉寶璐　許仲平　存齋富子燮又兒

餽碩庭借沅識還趙訂　熱

初二日庚戌　濟之來　爲子山寫對　正眉

小暑

生時復 曲園時復 再雨 寫字

初三日辛亥 發運齋信 送魯岩、高梓緣

屏 寫字 夜大雨戌刻至子刻

初四壬子 曲園仲復、子山復、閱校邠、飛卿、翟

楊執芳、高梓來未見 張[illegible]仙來 夜雨

初五日癸丑 答執芳、高梓 白塔子巷大乘巷玉

菡婦周年 執芳、文子來送酒席 送屏幅

申正泉孫來 熱 以閒書畫送濟之 老李 沿日 付十廿 行

初六日甲寅 天初明 吳子備、觀樂、彭訥生來

辰初雨 寅正開樞總 以閒畫十二種送濟之 復
照年送雨龍 韻文泉孫 四耕 碩庭來 草橋吳 松甫蘭
泗亭日刻
初七日乙卯 至界石浜雨 食肇柱上梁 午卯 至
藥師菴吳太翁張壽語培卿 答竽備 寺
復孝高 寺復送薪交天庫前同益興米鋪六
韓惟功寄
初八日丙辰 余魁梅來 添餅 市六 沉
碩庭泉緣來以福方與之 送余君扇幅
初九日丁巳 答余魁梅 況公祠 藥師庵吳

氏念經　白花巷晁四姊二弟　劉翰卿
心坂來孝廉方正　得運齋恒軒廉生鳳石
偉如信　今年有茄交飯三四次者無也
初十日戊午　復各信偉如信內攜炘潤二百
丹文培卿　游拙政園　買龐顴十卷
茂橋引之來瑜伯放之西園　得眉生函
並拓本　熱甚　始有蔓　竹年得河挾小峯信
十一日己未熱甚　贈眉生拓本　二弟來竟日
熱甚　雷小雨

廿三過眉生 送看 十三道 蓮叔五言聯
承湯屯敬太把卷談 顏欽 題字在
墨區 寄松
劉仲琳
宋拓定武禊序 蘭孫
為壽帶觀妝 十二帶物 為蓮叔五言一聯
宋拓蘭亭 潘伯大波 孟頫好一冊
夏夢樓卷

初伏

十二日庚申 謝小韓琦李孟和福沂來

謝交知無信 熱甚 夜小雨

十三日辛酉 答小韓孟和 送幅答朱福清

廣安四對小雅來 夜風雨

十四日壬戌 眉生石麟來 晚晤廣安同游

頤園

十五日癸亥 到莊鈕巷獅林寺至夜花巷

漆飾沿 大雨 雨時作時止

十六日甲子 作畫 誼卿廉生 王振鈞來弔

滂喜齋

筱五擬錄振鏞之兄揚州鹽大使　卯正雨

復知無文詠生　繹可汪三次不好文濟之

西圃伯來　得運齋　廉生　秋樵信　次日復

廣安以小舫册付妥覆來即還偽也又一敢

一方爵　蘭有十瓣者有八瓣者

十七日乙丑　發京信　廣安來　又還方爵

申初大雷雨　夜有鵂鶹

十八日丙寅　手復雪琴大馬　硯庭來　晚

風雨　怡琴來

大暑

十八日丁卯　至瑞蓮菴東園　大姪念經不
瞿尚來　劉蓉費幼亭　以唐石經校文
說文叚類　吳氏所譜十二冊寄廣生文塘郎
存齋以手變兕觥贈謝之　以款識贈廣生
眉生中復　彥侍　鄭人以拜偽徒死中正檢驗
二十日戊辰　瑜伯來　為潘氏丙舍四字刻鐫款
存齋　花農　蓉揚寵沈姪來　太官來
餼張留仙　翰墨齋來　泉孫來　風
二十一日己巳　發運齋　花農廣生信　內仲夏

拓漢瓦豹碑書範泉范六種 翰墨齋
孫姓六人隶隸張李尺牘 吳高李眉生六付
裝 風
二十二日庚午 到七襄公所無一衣到百衣
卷均未起即歸 孫姓六人隶隸李吳
尺牘本日畢 風
二十三日辛未 至百衣卷見四炔 許星台來
未值 發運齋胡子英信 風
二十四日壬申 風

二十五日　癸酉　漆師　濟之來竟日同步碩
園　雨即止　數點而已　風
二十六日　甲戌　以百宋賦托廣安交點石不成
二十七日　乙亥　至界石浜雨　舍已完　卷日朱台
四特碩庭來　交三姊十元為五姊及其女三小
姐也
二十八日　丙子　風　熱
二十九日　丁丑　得運齋夫鳳石昔信即復並廣
生筱珊花農

滂喜齋

三十日戊寅 以六續十冊交蘊齋題又順治十八年搢紳 又莫章高六續三冊又適園印存二本 韻和送介祺陳皮香水 筐漁來廿

十月庚申朔己卯 到獅林到莊到鈕蒼四點卧正止 今日不必到宅 漆飾以奩來 蒼韻和蒼以二席 發運齋五函

葉師之母病 大八郎二送蘇鄰看 兩郎作郎止

初二日庚辰 慮禪來 屬捐利貞聽廿元

夏歷年 吳蒼石俊刻廿西書屋印好

箬亭書[illegible]

譜琴送各二荷露一壺　雨時作時止　夜風雨

初三日辛巳　陣〻雨　徹秋天也　得蓮齋信

初四日壬午　雨不止　复運齋尊容廣生以墓志銘乞廣生書

初五日癸未　靈鷲寺竹年夫人念經　承天寺閱織雲廿周　至則無人也　復蓮齋信　風雨不止　恐水災耳　夜又雨　連日腹胃痛已六日矣　倉石來贈拓本廿五紙

卯正二刻立秋

初六日甲申　雨意猶濃奈何　倉石名俊
卿從九刻可行草詩文俱好湖州人
碩庭來　酉初又雨
初七日乙酉　復柳門　復知無　振民嘉官
來十弟子也　振民帶鈕氏說文考異張秋水西夏
本末墨妙亭碑考烏台詩案去交局刻
眾孫來
初八日丙戌　汪二官看伯來早飯中　陶民來留
飲　夜胃疾又發

滂喜齋

初九日丁亥 卯正雨竟日

初十日戊子 雨 申正四姪來 發運齋廳

生小山鳳石恒軒信 夜胃痛

十一日己丑 復蘭孫偉如携姪 內墓志稿

復籀鄰委題十册以病未即題 後仍題

濟之來談竟日

十二日庚寅 患河魚之疾 夜雷雨即止

十三日辛卯 芍兩鶴舲來 燥熱

十四日壬辰 卯正赴碧石浜

十五日癸巳 獅林寺念經 四妹二七四弟二 弟汪振民 陶民 瑜伯 眉伯 潘小雷 吳廣安來 濱口後歸 倪文俊來

十六日甲午 眉生送一簞一甗 皆真 未受

十七日乙未 至百花巷 見四妹二弟 其餘名壽均未起 得運齋初八書 文星屋信 恒軒信 次日復

十八日丙申 得新遊垣寄光劍十九種 碩庭泉孫來 得鳳石信 鵠鳴應二

[illegible]

十九日丁酉　汪魯青岩來　香禪來

二十日戊戌

廿一日己亥　答柳質卿吳嶽若羅少畊吳

恒吳熙培不晤晤香禪即送行　壹後

風雨竟日夜

二十二日庚子　堂前大嫂嫂周晤振民安甫吉甫

雁亭至百花巷四姊姊母母　仍風雨不刻歸

大風雨竟日寫成吹　遣人持千候世錫之本日

到任　風雨達夜

二十三日辛丑　李眉生約看書件，並以汪太夫人、陸太夫人傳乞書。看其宋尺牘、元人冊、顏卷（民部）、黃蘊冊（蓮林物）、張即之金剛經、王元章梅卷、古器。靖真便飯，豆腐、豆粥、辣菜佳。吞訥生膳藻熱。蔚若求文，以御筆福壽龍眉新更裝台幅懸（世傑）上下款。世勳來，未見。燈下胡子英來，帶到延煦堂三器。廉生一函。

二十四日壬寅　發運齋、鳳石、廉生、宇周、頌閣

信　汪吉甫安甫陳萬詮来（洪星房）　濟之来

胡芋英来　眉生送酸醎甚好

二十五日癸卯　蓉世錫之羅少畊来

頤庭来　錫之又来未晤　送少畊聯幅

二十六日甲辰　芋英来　廣安送金素仁三并廣仙桁還之

二十七日乙巳　芋英来　自直付清

二十八日丙午　蓉立豫甫山高司空卷不久

見　胡芋英来

二十九日丁未　遠濟　運齋廉生信文長太

帶去　廣安送杜敦〔以日作〕敦卣來益　蔚若〔以〕爲鄭文還之

八月辛酉朔戊申　到獅林到莊到鈕巷百嵗巷見四妹　立山來　來見　小畬來

泉孫來將夜大雨即止　培卿來化度

初二日己酉　溽熱異常不可耐　廣安言鐘卣

初三日庚戌　溽熱如昨　夜欲雨而止

初四日辛酉〔亥〕　溽熱　廣安徐〔卜年〕鐘付　至界

石浜其水長一尺　彭瀫以開平未去

初五日壬子　韓郎俞來方〔四年〕孝

日記

初六日癸丑　張沅清來号東榮　灤熱　送劉甫

初七日甲寅　灤熱　發運齋恒軒信　碩庭

來　夜欲雨不成　三兩十元　五兩十元　四兩一元　四兩一元

初八日乙卯　瑜伯行　灤熱　晨陰　劉繼來

送海峯並滌蕉未見　夜欲雨未成

初九日丙辰　卯正雨　陰晴錯

初十日丁巳　約濟之碩庭泉孫瑜伯吃西餐

四妹來　得偉如摀妹信並墓志即付刻

壬秋信並幃

劉大鐘字五元付

十一日戊午　仍燥熱桂亦無消息
十二日己未　復偉如擒求　曲園譜琴振
民來　爲曲園校茶香叢抄　爲錄意留
臨子畏雲夢瀟湘卷　得鳳石廉生尊客
運齋信
十三日庚申　眉生約看書　倪文埏來
發運齋廉生鳳石蔭客信
十四日辛酉　馬光勛碩庭來
十五日壬戌　至莊至獅林寺　晨雨

午後熱　陶民來　雨堂荃三官四官來　東舅

妹之孫　妹之子　四妹壻　瑜姐之一子一女來

十六日癸亥　陰　烓錯　熱　內人至汪七汪九家　題蕘翁漁集唱和冊爲寔是前其筆

十七日甲子　晨微雨　小雨竟日　姑母及姪女妹及

女來　小金及張繼高　桂姊之外孫

十八日乙丑　涼　寄廣生吳鈞長垣本華山東海

廟殘字　溫黃公化度四種　姚氏刻　王十五峰續

吾續本文培卿寄　碩庭　廣安來

十九日丙寅　陰雨　捐算賑五百文　蘊溝

莫宴均來　眉生來　延程韵蓀未來

二十日丁卯　汪文來　培卿來　梢山東五百　均初夫人年

廿一日戊辰　辰雨　復恒軒　並說文古籀補序文一交培卿　濟之眉伯瑜伯同點心

陸存齋來　贈以宋版巾箱本大經

廿二日己巳　再梢山東五百交培卿交柳門

四將　吳倉石來

廿三日庚午　發運齋　廉生　鳳石信　答陸存齋　眉生約　瑜伯送湖蓴

玟甫

十一月晝 洪昌演口

志頹 志萬 介福 陸國祥 汪宗度 汪開禔 汪開祺 汪鴻祚

陸曜彩 潘紹宸 洪鈞 誦斌 吴大根 吴大衡 吴仁傑 鍾瑞

馥 沈均初 琉慶子 欽春煦 桐澤 金吴瀾 陳志銓 馬海曙 葉肇奘

吴勤幹 顧曾騏 汪介耆 誦炳 汪之昌 汪爾昌 汪贊鈖

獅林寺

彭慰高　顧文彬　沈寶恒　姚覲元　志萬　敦先

十一月十四日

洪鈞　吳寶恕　吳郁生　吳大衡　志穎　汪鴻祚

陸躍彩　倪文焌　吳容楨　吳大根　志暉　誦炳

念經百演口

汪開禔　陸雎彩　汪之昌　汪爾昌　葉昌熾　汪貴鈖

汪開祺　汪啟新　汪肇敏　誦宣　葉肇癸　汪介耆

紹宸　彭逢吉　孫承鑑　潘國楨　秦毓祺

介祉　汪頃新　吳嘉椿　介福　胡永昌

助伯送晏奎文穉隣

廿四日辛未　還存齋魯公鼎　王臣　又奇觚彝　泥沙三五二一万斤

眉伯來

廿五日壬申　芝信　被婁門搶全太戲吾補裝

又繆筱山信　仲夏來留飯　碩庭來

孫來　聽心

二十六日癸酉　存齋來　午後雨　留梅伯敢贈毛鼎拓　帶去考古續圖四冊一函

二十七日甲戌　汪大來

二十八日乙亥　濟之招飲　鈞堂　一魚翅一

豆腐一鍋，首不得過三物也。

二十九日丙子　得運齋、廉生、鳳石信，次日復。碩庭、小雅、子宜來。午後雨。

三十日丁丑　夜雨達旦。寫京信，後寫筱珊、偉如、子静、楠叔、知無、德小峯、宗子材信，畢，天始微明。眉生、承孫來。

九月壬戌朔戊寅　至莊、至鈕、至御林，見四妹、濟之。發湖北、江西、通州、劉、浙江、德右信。怡琴來。

初二日己卯　潘椒卿濟之亘之師胡小英
來　安齋去世
初三日庚辰　唐禪來　晤眉生
初四日辛巳　吳熙來初登　鼓運齋廣生鳳石
來
初五日壬午　至婁門適閶門大索乃歸　聞有
犯越獄也　碩庭泉孫來
初六日癸未　弔嚴緇生母　答唐禪
初七日甲申　出婁門至譚涇浜掃墓

閱皇甫蘭亭
大夫帖　聖教　太清樓
雁銘　閣帖　東海殘字
齊侯罍　師酉敦
師田父尊　三家敦　齊侯匜　庚羆卣　撫尊　牛首形

宋板參寥、中興編年、新安四録、大麻姑、顏元靖、又張從申碑宋拓本，佳甚。

廣安約看古器石刻宋本書畫，飯。

汪七碩庚來。少頤園。

初八日乙酉。赴楙園約，看崔敬邕、常醜奴、韓勑、鶴銘南村本、黃氏士禮居溫虞公、党氏九成宮、高湛墓志、朱大藏本已刻。同座篤齋、學源、秦褱揚來。得鳳石信。

初九日丙戌。志潮、海秋來，負孚手也。楊望洲來。四未二弟、秦佩鶴來。三妹來，不佳。

送亞之師祝芬文，瑜伯由韵和文，十七生日也。

初十日丁亥　為曲園校穀抄題詩記書面為香禪作序　胡子英來

十一日戊子　界石浜掃墓

十二日己丑　眉生來　孫眉伯來　屬香禪刻石梅孫詩　癸青居五册　寄京信

十三日庚寅　寄運齋廉生鳳石文星嵒信　賓子望來

十四日辛卯　托眉生屬黎蓴齋覓日本石

刻五種　蒼子望　以墨妙亭研贈眉生　潯陶堂印一枚

十五日壬辰　至祠　是日秋祭薩　到尚無人先行礼

至鈕巷　至獅林寺　至百花巷見四妹二弟

十六日癸巳　發運齋廉生鳳石筱山信

眉生約　以畬來

十七日甲午　香禪來　交五十元　刻葉石詩及

劉氏遜雜著之用　夜詣廣安　不碩庭來

十八日乙未　方振業告助送二元從前壬戌

以東曾見正其卒時須不成也　何世兄瓻

[illegible]

祥來　雨

廿六日丙申　卯初偕泉孫登舟　巳正過錢

園　午正到光福　見西圃伯父及兄弟子姪

輩共卅一人　夜雨不止　余住舟中

廿七日丁酉　卯初光福　辰正雅宜山　午正爲

祿山掃墓　早飯與碩泉同　午後分手

申初胥門　舟資三元　菜三元　起早四百

舟子王四壽

廿八日戊戌　復柳門並弟姪三人　移獎年爲

袁微雨 頤庭來為題遂園修禊卷西園仙令補書雅宜山對枕上羅浮枝上月卷中香雪畫中詩 彭芝庭題貢湖公探某畫內止 文恭公書失去

二十三日乙亥 熱甚 聞廉生母病

二十四日庚子 風雨 徐小勿吳蔚若四姊來 胡子英湄生來 得廉生運齋小山仲飴信 文頌田（廿六頌閣）次日復

二十五日辛丑 蔚若信 文頌田文鳳石信

碩庭來以莞圃劉子見示 葉英來舍

二十六日癸卯 亘之師香禪來 碩庭示蜕菴

集僑吳集圭塘集友石集皆士禮居物跡

而還之 吳太夫人去世

二十七日甲辰 唁廣安內艱 陰雨 屬碩庭刊

百宋賦送書五種來看 抄本廿復宋季寬存復 擷藻汀藻生粹明刻本集

二十八日乙巳 接甫田廣生鳳石信 振民肩八日

碩庭來交三大詞 吳倉石來 陰

二十九日丙午 晨陰 陳葛佺來送以古十亭銘 借去廿亭注

碩庭送澍山盆 夜獻送天竹

三十日丁丑　夜雨達旦

十月癸亥朔戊寅　獅林寺念經　叔之兄、子中、四弟、汪六、汪頌者、

甫瑞、伯肩、江雀孫、若碩庭來

初二日己酉　謝客　壽兒、四妹、母、濟之、碩庭、眾孫、小孫來

初三日庚戌　發偉如、鳳石、筱珊、廉生信　澄之來　西方色赤　酉

初四日辛亥　答王祖畬　典之、師廣安、壽上蔡、鄭子

惠立誠來　答鄧蓀洲

初五日壬子　濟之、陶民來　得鳳石信

初六日癸丑　得鶴仙信　即復文安、裕民、男丁　復偉如、全太函

初七日甲寅　雨　言言妟望吾蘭亭來談　訥生來　夜雨達旦　泊以書刊局

初八日乙卯　陰雨竟日　潘芝生學祖劉少涂姚敬庵顧庭芬來

初九日丙辰　眉生約　吾潘芝生劉少涂　得京信　運齋來

初十日丁巳　夜雨達旦　胡子英來爵一

十一日戊午　四鄰毒飯過旦之師　發仲田鳳石信

十二日己未　夜大風晨雨始冷

十三日庚申　運齋懇七十生日未去

十四日辛酉　發辛田廉生鳳石秋樵信

十五日壬戌　到莊到寺　鈕家巷百花巷

香禪屬刻魏忠節陳忠裕年譜亭林餘集以有刻本之

工山靜居書論樊榭叢人集外詩寒之無錢

十六日癸亥　晤蓮齋廣安　半農來　閻氏來

十七日甲子　得秋樵子齋信，即日復。又文卿、廉生、仲田

十八日乙丑　曹鍾彝來（前太安縣，孫如子）　碩庭來　泉孫、濟之來　鳳石信，五月廿日發

十九日丙寅　沈師來（仁和人，澤棠，甘元）　吉甫、安甫來　陰雨

二十日丁卯　雨　汪柳門來　丁卯覆試詩　鳳石信，即日復。又熙、王彭

二十一日戊辰　雨　答曹、陳（名珍，字惠千，原常）　汪俱不見

二十二日己巳　羅少耕來　由洪來　廉生信，又鼎拓

二十三日庚午　譯秋石搨本　跋齋禪搨二　盂一張，匜　發京信：彭、洪、達、壽、余、筱

二十四日辛未　答署守桐澤　巳刻開倉，并晤濟瑜到

二十五日壬申　發京信　濟之、碩庭、[?]氏來　謝墉、御題[?]　此二[?]仙館所贈　[?]石庵畫四字

二十六日癸酉　晤培卿、誼卿　謂卿、濟之、廿英來　夜雨達旦

二十七日甲戌　雨　季夜培卿來　復陸存齋　還考古畫借譜　宋本文陶[?]北倉橋[?]齋造法式影

二十八日乙亥　贈眉生帖、鏡南村帖考　文香禪五千元　秀質[?]　[?]

二十九日丙子　周季相、遲齋來　得魏培楠、張丹林二京信

三十日丁丑　熙年來　陰雨

十一月甲子朔戊寅　陰雨　到[?]莊寺　鈕[?]花卷　熙年送[?]物二色　眉生[?]海運

初二日己卯　四孫、[?]孫來

初三日庚辰　陶氏來　發京信

坟向壬丙兼子午
金門檻正丈六，找脊丈二
八風高四尺闊二丈
羅城周圍十一丈二尺
拜台進深二丈八尺　闊四丈
小拜台　見方九尺
甬道長十丈〇六尺闊
六尺　界石邊石五十二塊
墓門　高一丈闊八尺
竹籬樓　周圍五十六丈六尺

初四日辛巳　界石浜上祭各工粗畢　寄眉生信　高白醴碑仄
初五日壬午　濟之來　程筠泉來診
初六日癸未　筠泉來診　運齋來即赴滬　誼卿來
初七日甲申　筠泉來診　硯庭泉孫來
初八日乙酉　裴樾岑來，問日昨已行　寄仲田、秋樵信　濮仁來　熙之奎來
初九日丙戌　至界石浜　得鳳石信，皆初十發　又廉生信
初十日丁亥　發泉信
十一日戊子　濟之、泉孫、文卿來
十二日己丑　偕吳縣和培卿、鞠如、廉夫、香文、卿至界石浜　陶民來

石岩十三顆　柏一百〇五顆
子孫柏一對　柳卅三顆
梅十二顆
杏七顆　芙蓉十六　冬青
廿顆
坟後石駁岸高六尺五寸
濶十二丈
從前甲辰冬先君自
定此地地師胡也垚名驗聲
此次擇日地師欽春照号
敬敷　始終其事者培卿
吳季懷友葉碩瑜伯
後添吳子貞亦吳友

十三日庚寅
十四日辛卯　至獅林念經，到者四十三人，子刻吳培誼均到，培又至浜　葉
起霨下船　自倉口下船，繞閶胥門到浜　一時有半送至浜，一夜未睡，偕瑜眉、陶氏
十五日壬辰　初到界石浜，到者卅九人，亥刻培誼均到　葉氏下三
封域　留右齋之瑜伯、小畲、眉伯、葉緝甫、吳子貞　碩遠　碩吳帳　看鵰作　連座五作
十六日癸巳　碩泉熙　昨作昨中　往去竹年來　未初早
餅與葉碩、吳畲、瑜眉同食　潘誦斌号
仲全來，昨亦來，瑜伯之甥也　演口畢亥正二
夜濟瑜眉、葉碩、吳小畲、仲全看蠲作

案會典一品墳九十步
封[illegible]丈六尺近諸高周尺
出八風本墓八風高四尺
加以倍亦僅八尺耳欽奉
上元宜乎高現高
出八尺去品制尚遠
一品一丈六尺也
添于阑二株並補
籬以後添樹再
記　十九日臥初記

十七日甲午　拈欽敬數來看拜台旁東西宝藏二座拆去
舊所無也　拆廊縫僅留拜台以上者　午後陰夜半陡
十八日乙未　仍諸君看錫作日三層　夜同尚
已十六層短二層　濤仲四廉生信　培卿來　姓十五有風　自十四至本日
汶日　夏仲四廉生又四山　鳳石　赤刪　赤帶
錫作畢十八層上瘞時畢　以後加草皮高於羅圈半　約四尺　尺與周尺同
十九日丙申　至界石浜　瑜葉頤吳在餘俱
歸　申刻後雨　加草皮
二十日丁酉　至界石浜　瑜葉頤吳畬肩在

坟向壬丙兼子午

金門檻 正丈六 找脊丈二

八風高四尺 濶二丈 羅城周圍十一丈二尺

拜臺 進深二丈八尺 濶四丈 小拜臺見方九尺

甬道長十丈〇六尺 濶六尺 界邊石五十二塊

墓門 高一丈 濶八尺

籬樘 周圍五十六丈六尺

石岩十三顆 柏一百〇五顆 子孫柏一對 柳卅二顆 梅十二顆

杏七顆 芙蓉十八 冬青念顆

坟後石駁岸 高六尺五寸 濶十二丈三尺

冬至夜

祀先

竹年来　申正雨　得知縣信日本耳蓮心

二十一日戊戌晴　至界石浜　六人均在　辛少来

二十二日己亥　辰初至界石浜圖塚　運

齋譽岩冠英来　瑜勵葉願甘眉翁来　異卿元

二十三日庚子　文眉生寄說齋星吾自刻書藝　只

來一新款識以齋本一百七十七本，上一本餘亦多未印　答其日本碑石三及吉金送藝書也

送冠英十元　次日珍妹淨三子完姻　共送四十元　初四日其長子完姻

二十四日辛丑　送眉生郁蘭界書全分　說齋星　藝

吾陸存齋書各二分　劉平國石刻二分　阿克蘇新出漢石　文眉生

涉園書屋

小畬眉伯來　送二吳皮雨帽沿　濟之五彩壺帽沿

二十五日壬寅　送竹年帽沿、諸許食物

二十六日癸卯　獅林寺安靈（奉姑三人）禮懺，申刻散

二十七日甲辰　謝客，見四舛、濟之、竹年，即赴浙，培卿館

卿荅任筱沅　屬總捕告以自算踏燈

二十八日乙巳　謝客，見西圃伯兄、仲姪、姪均見，歸。仲父饋

鱸魚　送墓志、白花、花榼二蒙

二十九日丙午　至界石浜，八風完工，謝客畢

夜大風

滂喜齋

十二月乙丑朔 丁未 紅光如故，二月餘矣。到莊鈕百元，碩百元。

贈鞠常祁生及白燕集墓志及南刻陳立公羊正義事

初二日戊申 晤眉生 贈以南園對、紅崖縮本、吐蕃會盟碑 前贈宋博沙南侯獲室八種 跋善 葉書佳二種

初三日己酉 丙嚴謚經 若子宜之 謝培之 庭之 香禪

姚彥士來 昨日生日 送礼 會濟之、碩庭、泉孫來 眉伯送花六盆

初四日庚戌 發廣生、仲田、小山、鳳石信 眉生送一箋十蘇 送西園 葉卷八甘露 辛之謹齋

初五日辛亥 辰初微雨 熙年來 濟之送燕筍 運送食物 鹿筋 一擔

初六日壬子 四弟送鱸魚，分送眉生、培誼

初七日癸丑 誼卿 文民稟來 沈師來 五十元 三妹

來 送以福壽字 即徐莞圃次子家楨丗元完 國幹

姻丈誼卿 陳午亭章銘 太翁 丙辰來

初六日甲寅 文香禪丗元刻印全

清 寄攜求墓誌 十分 玉壺琚

珌蓋五彩壺翠蓋為潤筆 文

偉如銘 四分 二秦來

初九日乙卯 眉生招餞之 適胃痛 引

廿四 村來 汪七來

初十日丙辰 荅許星台 吴引之 運齋 汪

大來 碩庭送鱸魚 世錫之尚衣送黃羊野
雞以贈許星台 碩庭送桔木黃楊鱸魚已餒 余茂
林花敞千年運手杓杞杞黃天竹 香禪書板來
十一日下乙 龐小雅寄國朝文徵蛾術編酒醫
即復 辛芝來 碩庭刻金秋史對送來聽
墓廬扁 中有葛伯豆對汪大紳橫幅左季高楹對麥堂 文恭公甲為福扁趙之謙王懿榮蕃老
送香禪書為其刻日記 廣安屬林海
如來商同自其數六良卷物將以文 德林
唐若 鳳石信及邸報 前月十二日 復 令日到

十二日戊午　贈中復金秋史對、大紳橫幅、近刻吳人近箸[illegible]、元歎劉氏集、甘泉得石文字六種。贈眉生吳人近箸六種、金先送。贈虞士吳六種、金對。贈西圃同。昨香禪交來五分，令去其四，板十文來。歸入葉壽

十三日己未　至百花巷見四叔濟之。辛庭、碩庭來。

十四日庚申　至界石浜弔吳景和。蔡康生、小山、仲田、鳳石信。詢生招十八，辭之。贈星台吳人六種、平齋福一、秋史一。星台送午時茶。

十五日辛酉　到鈕到莊見四叔濟之。眉伯、小俞來。手復劉子良、張丹叔，作廉生、鳳

石仲田信未發　運齋來見纒廣信

十六日壬戌　碩庭辛芝來　又運齋信　暖

十七日癸亥　晨微雨　送濟之鹽燕一包

香禪來　為朱孝子立祠題詞　復陳蓉洲延益

寄撝叔偉如書交培卿　手復宗子材培志平函

十八日甲子　四姊濟之琢孫碩庭顧姓

來　議仲完碑石金　十六日得鳳石初一信

十九日乙丑　晨微雨　運齋來　手復仲

良小峯　吳蔚若寄藏師子　送以五元

[illegible]

二十日丙寅　發廣生、仲田、鳳石、小山信　陳冕

伯寅來

二十一日丁卯　碩庭來

二十二日戊辰　眉生約　頤荃、春岩來　鳳

仍之子爲作傳　濟之、眉伯來　寄偉如，戒溺及叙龍二事，寄運

二十三日己巳　手復胡芸庭、晉競、福鹽大使

芰舲之子　手復李益和　祀寵伯代以肴、耳、瑜

二十四日庚午　周季相來　葉師鮮館設席，瑚代語，以肴、朕

送桂清嫂十元，五嬸五元，其二姑奶奶五元　送林海如十六元，又十六元，函砂壺　送眉生楂詞，端木刻

卣蓋芬
孔隨[?]唐屐鐘[?]來
瞻蔚君醒[?]敘
錫之送袿料二
運齋送料燈[?]盞
少眉送蘋橘[illegible]
竹年送豆豉[illegible]

二十五日辛未　晨微雨　吳蔚若小盦來　星台送某精[?]　眉生送張廉卿[illegible]
梅[?]花即送錫之加以招牌　以某四小盆拓送星台　瑜百
二十六日壬申　送陳葛佺吳倉石各四色　碩庭武梁祠
畫象　復尊文伊田大尊爵羊復禮信　文卿口二函俱[?]　以文蓮來　雨
二十七日癸酉雨　手復少眉　送眉生四色　運[illegible]送食二盒書扣[?]
二十八日甲戌　熙年送食二盒之　[illegible]來
二十九日乙亥　至胥石浜　復竹年　浮鬧[?]石十二信　碩來
三十日丙子　供喜神　祀竈　瑜代　碩送食二盒之[illegible]
千[?]碑舍利塔銘　彥士送烟酒　胡月樵藥[?]食六

潘祖蔭日記·光緒十年

（清）潘祖蔭 撰

光緒甲申日記

是年患目疾四月十四海長太代書

甲申元旦丁丑　來者不少　另記

初二日戊寅　卯初雪　辰巳甚大

初三日己卯　辰初雨　彥士、嵩佺、眉生來

初四日庚辰　大雪達旦至暮在浜　香禪、泉碩來

初五日辛巳

初六日壬午　到莊鈕巷、百花一帶　辰巳大雪　夜雪達旦　發京信彭、陸、王、繆

初七日癸未　至花橋任蔣眉生約　大雪竟日

初八日甲申　雪未止　申正立春　午後晴

初九日乙酉　蓉客晤訥生梅若辛之

初十日丙戌　蓉客劉家濱拜影堂胃痛即歸　得仲田信

十一日丁亥　蓉客晤培卿又平齋周年　倉石來　四叔辛之來

十二日戊子　廣安蔚庭來　寄小村為蔚庭之兄紹德及知縣　十二日

十三日己丑　曹福元再韓　許祐身子原來　眉生來

十四日庚寅　得鳳石信　星台來

十五日辛卯

十六日壬辰　卯刻雪　碩庭訥生來　芥山以鄭鍾甫

十七日癸巳　陰雨達旦

十八日甲午　收客　還顧子山鐘　香禪仝千頃堂來

十九日乙未陰雨　張沅清來　向星台索伽南末

二十日丙申　發廉信緝廷信　四妹濟之香禪泳條來

二十一日丁酉　陳亮伯貞來付偉如信　為眉生題梦蓮年伯

西蘭帳額　眉生小字與余同

二十二日戊戌　大人周年　獅林念經　復宜子望善徵蔚庭

二十三日己亥陰雨達旦　謝客見四妹吞莫善徵　佛昇

額聯對來　善徵來　送聯石輔佛昇額　廉　寄偉如、德泳信

二十四日庚子　謝客見頡卿　送聯少甫　活計鼻烟　小漁來

[illegible]

復偉如撝叔文運齋

二十五日辛丑　晨雨　至胥石浜　答陳少希常鎮道

聯綱　佛昇　顧驊行　香禪偕石方涑來　任阜長先

二十六日壬寅　又卿少希來　眉生約　復偉信文運

二十七日癸卯　龔世潼　張沅清來

二十八日甲辰　少希來執弟子禮　不遇　如意卻之

濟之眉生來

二十九日乙巳

三十日丙午　碩世兄　陶氏來　書板盡交香禪

二月丁卯朔丁未　到滙鈕卷白花　得仲田廉生信八日發

運齋子靜碩庭泉孫來　蘇鄰遠一古泉二楊拓本四木名甎拓

初二日戊申　發仲田廉生信　康侯畀刀文箕秋韻

少希子靜來　夏偉如竹庭　蔡研農來

初三日己酉　至界石浜　答少希研農　朱福春

香禪文五十兩　答吉遠　泉孫來　歐陽扶雅集

初四日庚戌　贈黎書　四方鏤羅楊十三行退庵江西金石錄　六藝綱目董武毛鼎　子靜來

贈撫叔潛書　夜雨達旦　送香禪潛書五齡

初五日辛亥　研農耕娛信　蔚若鮮行　四妹來　夜大風

初六日壬子　送蔚若喜筵

初七日癸丑　濟之雲楣雲台來　鳳石廿日信

初八日甲寅　答雲楣（送酒收叢刊）雲台　得小村信寄蔚庭文　訥生

孔貽乾來　讀藝　閩船廠集印四十部寄粵十部

初九日乙卯　復訥生　吳世兄慰祖号蔭餘師母在堂月

助卷　眉伯明日行交仲田鳳石信　廣生書件　陰雨

初十日丙辰　陰雨　子靜辛芝來　辰雪午晴

十一日丁巳　吳蔭餘來　得仲田廣生信　碩庭來

十二日戊午　倉石來留飯　倉石移西美巷

十三日乙未　黃道祖絡來　黃號叔農

十四日庚申　答黃道彥士　星台送海螺、鮮鰒、江瑤柱

十五日辛酉　至畀石浜　腹疾　濟譜小漁來

十六日壬戌　發仲廉石信　子靜來　緇生來

十七日癸亥　星師二月初九奠送十元交訥生　泉孫來

十八日甲子　寄偉如撝叔閏門等集　運來寄憲書

拓本十冊　子英來　屑石初十信　電北甯失

十九日乙丑　畀石浜家祭　陰雨午後益大

偉如送陳皮即復

二十日丙寅　復憲文運廿二　泗涇書房

二十一日丁卯　汪九來飯　四姊母及兩妹來

二十二日戊辰　眉生自常州歸　信發京　寄靜齋之來

二十三日己巳　復偉如　送星台周鼓詒晉磁對

屬韵泉合雋命丹百元　得仲田信　春分

二十四日庚午　存齋偕史載之　石林奏議　至璿濟舜諧

段涇浜共七人　陶氏來　送武林掌故叢刻補王子安集

二十五日辛未　存齋來　復徐小勿　淮雨來　子英

二十六日壬申　至界石浜春祭　答存齋

復楊藐芳

二十七日癸酉 運來泉孫來 耕娛寄英和華記 吞仲復英華記 姚彥士十三行

二十八日甲戌 仲復送退菴題跋 手静來即行 付蔡信 碩庭來 浮花農信溫公八分

二十九日乙亥 復知無文訥 先伯集 復竹年並爲王子獻 送絲香鶴書面 送彥士劉平國刻石 送存齋英華記汪退谷四種

三月戊辰朔丙子 至聖菴至莊至百花泉 碩經堂藏 白洪章刻 山刻 西十六 伴

留飯 辛芝曲園來 仁洪章刻 復四 彥士一 曲園一

送曲園點心又耕娛二 墓二 譜一 唐詩選集

初二日丁丑　至畀石浜　得鳳石信　碩庭來　泗書院

初三日戊寅　眉生來

初四日己卯　碩以猴變易變眉生要之

初五日庚辰　交碩庭刻汪詩百元每天七百九十号　計擴五十方字

四林來即去　董彥和來　得仲田信

初六日辛巳晴　運眉生約　印百宋紀要二書未成

初七日壬午　訥生夫人七七往祭　接京信　田庚陸縲ノ泥鎮

初八日癸未　獅林青明念經　瑜漁之之濟熙碩來譜　殷日杉送

晨李仲全來　龐選怡代借書　印書畢廿部

初九日甲申 出門見四宋齋 香禪來 竹年送蟹

初十日乙酉 姓眉生借漣溪文抄還 後村集七頌堂之溪安生集 先著 陳偉傑來 山東之昌 方正 碩庭安[illegible]

十一日丙戌 雨 以若卿師詩文歸胡春澂並跋之 日本金石十八軸還眉生、歆分贈不忍受也 中論還眉生

得鳳石親信

十二日丁亥 寄偉如信 陰雨 寄偉如索碩龍 吳祖澗

十三日戊子 眉借石洲集七經考文 竹芝來 菁英來

子初延韵泉診衛 得偉三函

十四日己丑　至御林寂誦經十五殯　延韵泉

文運夏偉　運濟碩來　運名世育嬰

十五日庚寅　夜雨達旦　至界石浜　致執芳馬貞烈女坊事

十六日辛卯　莊祠春祭　得仲田廉生信

十七日壬辰　發京信劉証蟠陸徐　寄六弟王孝子之文一碑一序

十八日癸巳　泉孫振民來　四弟來

十九日甲午　子英來荐舒世琛之弟於海纘廷騎

跋平齋尺牘　崔斅來　碩庭來

二十日乙未　陰　夏芍庭　知十三樞廷罷

二十一日丙申 運齋汪兆柏來 得鳳石仲田
壺信 濟之來
二十二日丁酉 陶民來 碩庭來 沈氏墨跡還之
二十三日戊戌 四叔來 秋谷之壻陳駿生其璿
偕志暉來 榮炳之子 張勲云是秋水曾孫六九
彭子嘉穀孫 彭惠人 清卿來
二十四日己亥 訥生夫人念經圓通寺 答二彭
二十五日庚子 送駿生祀御硯二箋序 送二彭序
駿生來

二十六日辛丑卯初行未初至光福雅宜萬祿上冢

二十七日壬寅未正二刻歸光福五十二人萬祿

廿五人碩泉希庄舟同飯昨至滎陽別墅

其樓面山臨流　發京信　同前　復清卿信賀十一

二十八日癸卯目疾　復清卿鏡如偉如

復陳容舫文駿生　得鳳石廿日信

二十九日甲辰目疾　小謨觴集唐

禪自行文坊印四十部　送十部

徐香一部外　姚一　眉二　陸一　吳

廣安一　運來　濟來

四月己巳朔乙巳　目疾不見客

初二日丙午　目未愈　蘋芳濤芳來未見　送二屏　夜甚痛

初三日丁未　未愈　平齋函念

經未去　送蔡屏　初六葉

得廣生仲田四廿二信

初四日戊申　未愈

初五日己酉　張富年未見

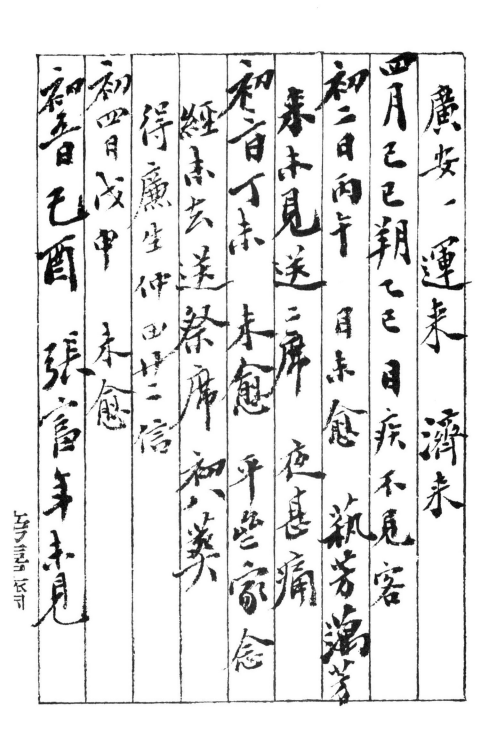

初六日庚戌

初七日辛亥　運來　韵泉來　服药

發京信

初八日壬子　大府秘四日不下　韵泉

再來　用元明粉大黄　雨

夜大下

初九日癸丑　雨　冷

初十日甲寅

十一日乙卯

十二日丙辰　寄陸信　俱冷

十三日丁巳　以上服韵方大黄　雨

十四日戊午　韵診　大黄

十五日己未　韵診

十六日庚申　韵診

十七日辛酉　韵診　發京信　胡來

十八日壬戌　韵診

十九日癸亥　韵診用童洗　運來　胡來到陸信

二十日甲子　韵診　用童便洗

文恭公三十周年　御林守來到　仲午病亦
未到　汪七來　未見
二十一日乙丑　韵詩　程蔣眼科　蔡子謙
二十二日丙寅　韵詩　子謙來　運來
二十三日丁卯　程蔡來　濟之來　晏偕孫台小
輪船不許　胡子英來　夜大風雨
二十四日戊辰　程蔡來　汪九來　未見　大風
二十五日己巳　程蔡來
二十六日庚午　程蔡來　蘇京信　彭陸璆

徐王夜雨

二十七日辛未小滿　程自二十日起宿仲午　蔡來

得鳳石、偉如信　晝夜雨

二十八日壬申　程、蔡來　寄偉如、搗珙信，交運齋

得曉村信　曾侯信

二十九日癸酉　程、蔡來　復芍庭

三十日甲戌　程、蔡來　復竹年

五月庚午朔乙亥　蔡來

初二日丙子　程、蔡、譜琴來　得仲田信

初三日丁丑 搭棚 蔡來
初四日戊寅 蔡來 蓮來 胡來 姚送禮
世勲送禮 胡燏棻送禮 汪五十 李十四
三妹二十元
初五日己卯 蔡來 胡來 勲夜雨
初六日庚辰 蔡來 何其傑寄書 風
發京信 彭 王 陸
初七日辛巳 蔡來 得陸京信
初八日壬午 蔡來 倪文拔送食物

[illegible]

初九日癸未　蔡來

初十日甲申　程蔡來　胡和來　達來

十一日乙酉（芒種）　程蔡來　胡來

十二日丙戌　程蔡來　沈寶青來未見

十三日丁亥　程蔡來

十四日戊子　程蔡來

十五日己丑　程蔡來　胡來　朱咸庚來未見

十六日庚寅　程蔡來　雨

十七日辛卯　程蔡來　風

十八日壬辰 程蓉來 風 劉建枚來見

得倬張信

十九日癸巳 程蓉來 熱

二十日甲午 程蓉來 得陸彭京信

熱 沈秉成送枇杷

二十一日乙未 程蓉來 發京信 彭陸王繆徐

得鄭筠仙書

二十二日丙申 程蓉來 雨

二十三日丁酉 程蓉來

二十四日戊戌　欽雲浦來　程蔡來

二十五日己亥　程蔡來　胡來　汪陶民來

帶潘公三洋　彭訥生送枇杷　吳運齋

上烟台　陰　夜雨

二十六日庚子　雨　程蔡來

二十七日辛丑　程蔡來　徐花農送糟魚

二十八日壬寅　程蔡來　夏至節

二十九日癸卯　程蔡來　得陸鳳石信　雨

得鏡如信

閏五月朔甲寅辰 蔡來 寄家信陸彭孫

李復境如信

初二日乙巳 蔡來 夜雨

初三日丙午 蔡來 雨

初四日丁未 蔡來

初五日戊申 蔡來 得彭孫信寄來

書扳烏魚穗 得直隸諮奉

旨議敘 復鄒曉村寄蔚庭

初六日己酉 蔡來

初七日庚戌　蔡来　祁子禾来

初八日辛亥　蔡来　雨

初九日壬子　蔡来　胡来　得陸鳳石信

初十日癸丑　蔡来　寫馬貞烈碑文

十一日甲寅　蔡来　發京信　彭玉陸徐李

德壽来　未見

十二日乙卯　蔡来　送德壽席

十三日丙辰　蔡来　熱　胡来

十四日丁巳　熱　蔡来　雨　運来

十五日戊午 蔡來 晴 偉如 攜卿書
一包 文運 小暑節 早雨 得偉如
攜卿信 雷雨
十六日己未 蔡來 復偉如 攜卿信 雷雨
十七日庚申 復筠庭
十八日辛酉 毛上珍印書四日畢
十九日壬戌 發京信 彭陸王徐 付毛上珍印
書工料酒資共洋貳拾貳元清
二十日癸亥 得陸鳳石信

二十一日甲子 得殷信 熱

二十二日乙丑 蔡来 時晴時雨

二十三日丙寅 早雨午晴 得徐琪信

二十四日丁卯 交葉九十七兩票又九十七兩

二十五日戊辰

二十六日己巳 蔡来

二十七日庚午 初伏 得陸心源信 午後雨 潘注

鳴鑾信

二十八日辛未 得李蘭蓀 翁叔平信

二十九日壬申　陰雨　胡來　劉來　蔡來

得彭信　陸信　尹信

六月辛未朔癸酉　風　大暑

初二日甲戌　風　蔡來　香禪來付五十元

胡來　劉來　四叔來

初三日乙亥　雨

初四日丙子　雨　午後晴

初五日丁丑

初六日戊寅　熱　馬貞女碑刻成寄楊守濂

汜臺正所

初七日己卯 熱

初八日庚辰 中伏

初九日辛巳 得偉如信

初十日壬午 復偉如信 內有搞犿信

十一日癸未 發京信 彭王 徐陸 李翁 胡來

陳壽昌來 張二書 刻成 熱

十二日甲申 熱

十三日乙酉 熱 寄廉生書七種 文明 胡來

得彭王信

十四日丙戌　熱

十五日丁亥　熱　得劉蘭洲信

十六日戊子　熱　寄偉如擕𤓰信並經說

十七日己丑　午刻立秋　熱　又寄偉如擕𤓰信

運來汪淘氏來

十八日庚寅　熱

十九日辛卯　得偉如擕𤓰信

二十日壬辰　得楊宗濂葉書　胡來　得鳳石

信　香禪來

二十一日癸巳 發京信彭王陸殷 濟之來

二十二日甲午

二十三日乙未 雨 初五日至二十二日無雨十八天 得殷彭王吳重熹信

二十四日丙申 發京信殷彭王吳重熹

二十五日丁酉 蓉來 得胡雲書並眼藥

二十六日戊戌 雨 復雲台書 徐花農送核桃

二十七日己亥

二十八日庚子 雨 澡 六吉祥來合眼藥 得胡雲台信 又眼藥

二十九日辛丑 夜雨 復胡雲台信 又得雲台信

三十日壬寅 夜雨 復胡雲台信 得陸鳳石信

十月壬申朔癸卯 發京信 彭徐王陸 熱

初二日甲辰

初三日乙巳 陰雨 夜雨大風 除暑

得胡雲臺信 得王文韶書信

初四日丙午 復胡雲台信 四叔來 得胡雲台信

初五日丁未 運來

初六日戊申 復雲臺 得雲台信 碩庭家孫來

初七日己酉 復雲台信 得胡雲台信

[illegible]

初八日庚戌 復雲台 得雲台信

初九日辛亥 復雲台 寄若農叢書交運齋

初十日壬子 發京信 彭陸 得陸信

復胡雲台 得雲台信

十一日癸丑 運來十二日赴廣東 復王文韶信送汪退谷帖 得翁叔平信 得偉如信

十二日甲寅 陰雨 復偉如信

十三日乙卯 午雨

十四日丙辰 雨 午晴

十五日丁巳 熱

十六日戊午 熱

十七日己未 酉刻雨 胡來 熱

十八日庚申 白露 寄王廉生 吳仲飴信 書一箱 墨妙亭碑目攷 眉山詩案廣證 思適齋叢書 乙巳占 伏敔堂詩錄 說文古本攷 閑門集 滂喜齋叢書 函 陸心源來 未見 送滂喜齋叢書一部 熱

十九日辛酉 發京信 彭殷王陸翰 熱

二十日壬戌 夜雨 藻熱 申初大雨 得陸信

二十一日癸亥 夜雨 午雨

二十二日甲子

二十三日乙丑

二十四日丙寅 劉傳福來未見 得偉如 撝壯信

二十五日丁卯 四叔來 晤星台長子 晤棣

林扶樞

二十六日戊辰

二十七日己巳 濬之來

二十八日庚午

二十九日辛未　得趙撝叔陸鳳石信

八月癸酉朔壬申　得雲台信

初二日癸酉　復雲台　雨

初三日甲戌　得徐琪信　胡來

初四日乙亥　發京信　彭陸徐　雨

初五日丙子　夜雨達旦　秋分

初六日丁丑　夜雨

初七日戊寅　得彭玉信

初八日己卯

初九日庚辰

初十日辛巳　發京信　彭、陸、王、徐

十一日壬午　碩庭來

十二日癸未　得偉如信　硇砂即復

十三日甲申

十四日乙酉　雨　得彭信　殷信　世勲送札特還　姚送札特還

十五日丙戌　雨竟日　得雲台信　得吉棣帆信

滂喜齋叢書送

李眉生

陳嵩佺

楊藐芳

運齋

愙園

梨花齋

姚彥士

廉生

存齋

仲飴

廣安

葉鞠常

說文古本考二十部送

嵩珍一

廣安一

廉生一

姚彥士

沈

俞

華

仲飴

存齋

費屺懷

壺

百宋紀要送

葉

姚

吴廣安
眉生
黎花齋
士礼 送
李眉生
黎花齋
葉屺懷 鞠裳
費屺懷
陸

王

姚

十六日丁亥　復雲台　復聲帆　寄徐琪

青文俞　雨

十七日戊子　雨　復雲台

十八日己丑　雨

十九日庚寅　雨　寄繆小山　滂喜齋叢書

四函　說文古本考　士禮居題跋　眉山

詩案　墨妙亭碑考　文胡

滂喜齋

寄廉生　夏福堂筆記　周官故書考
娛親雅言　漢印偶存　文胡
得李蘭蓀信　得彭王信　曲園來
胡來
二十日辛卯　寒露　得陸信
二十一日壬辰　發京信　彭陸王徐殷李吉
二十二日癸巳　寄廉生文胡　胡來　許進山螺
錢氏藏文志畧
眉山詩案

松壺
百宗
紀要
二十三日甲午
二十四日乙未 霧 大雨
二十五日丙申 雨 墓祭來到
二十六日丁酉 夜大風雨
二十七日戊戌 復雲台 復蓮齋 濟之來
二十八日己亥 葉二十元四角 湖海文傳 國朝文鈔

二十九日庚子　秋祭未到　助念和葬其柩

十餘口一百元

三十日辛丑　譚經濱未到

九月甲戌朔壬寅　子牧來　雨竟日

功順堂叢書

鞠常二

屺懷

申季

詠之　查翼甫

初二日癸卯

初三日甲辰　蘇亭信　陸彭年　酉刻雨

初四日乙巳

初五日丙午　霜降　得李若農信

初六日丁未　得吉雲舫信並蓮窩鹿洲集

士礼居

中季

詠之

巽甫

初七日戊申
初八日己酉 復徐劭
初九日庚戌
初十日辛亥 大雨 寄廣生所器軒印考交
硯
十一日壬子 夜雨 早雨 後 敬子齋 殷秋樵
硯雲台來 並送扎 汪振民來 有人以室有
信還之 王清如來 未見 晚晴 月出
十二日癸丑 送雲台濤書齋叢書 送胡食物四色
與子壽一函

十三日甲寅 李寶章來 發京信 彭蓮殷蔵

一 雨 胡來 得蓮信

十四日乙卯雨

十五日丙辰

十六日丁巳 夜雨 連日雨

十七日戊午 夜雨達旦 一切經音義 罟有元

得菀齋寄日本史一百本 得碩卿信

又錫器又銘石安信 復碩卿 胡來

十八日己未 夜雨 運到蘇 送食物 答以席

胡來 復石安丹井 星五 謨卿 文贊廷

十九日庚申 胡來 敦夫、下 得偉如內召信

二十日辛酉 立冬 送蘇隣壽物 遣人賀

星台出藩 送星台饋贐 寄偉如信

子牧來

二十一日壬戌 雨

二十二日癸亥 夜風雨 運來 濟來 送俞曲

園食物 得陸信

二十三日甲子 發京信 陸 彭 徐 四妹來

二十四日乙丑
二十五日丙寅雨 得胡雲台信
二十六日丁卯雨 復雲台
二十七日戊辰冷 莫善徵來 未見 送叢書
二十八日己巳雨 楊執芳來 蔭北礼官來 即
北行 送庠 送食物
二十九日庚午雨 得彭玉麐信
三十日辛未 吳倉石來 復秋樵 廉生
初四 徐琴卿寄錫器二事

十月乙亥朔壬申　發京信
功順堂叢書
鞠叢二部　德小峯送蝦油八酒二
得花農信　熙小舫來
初二日癸酉　得陸信　周季相來見
送食物答之
初三日甲戌　送陳榮林席　陳榮林來
初四日乙亥
初五日丙子小雪　腿生癤三日矣　譚送寇憲集　世錫之送米、酪、酒、詩
[illegible]

初六日丁丑　吳縣童試揭曉

初七日戊寅　賀運子本齋入泮

初八日己卯　得松壺畫四

初九日庚辰

初十日辛巳

十一日壬午　發京信　彭澤王

十二日癸未　賀濟之百日　元福隆寬姻也　玉妹四拾兩　黄漱蘭來未見　以馬貞女碑屬其題

十三日甲申 士禮居題跋贈孫淂之傳鳳

淂陸初三日信

十四日乙酉 眉伯自山西来

十五日丙戌 香禪求士禮居三部

十六日丁亥 陰冷 汪閬氏子九完姻借項補

耕 珠送葉二即以送陳駿生報刻三

印也

十七日戊子

十八日己丑 以羽琌山館紅蝠書堂晚晴軒屬

梅石謝庸刻 士禮居題跋 香禪索
去三部 滑徐花農信 香禪索去
眉山詩案墨妙碑目各一部
再滑花農信 胡雲台寄洋水仙
十九日庚寅 復雲台 蔭棠信 彭隆徐
費文館詩 香禪
二十一日辛卯 寫黎母吳挽聯 大雪節
二十二日壬辰
二十三日癸巳 以尊齋信 文眉生幽園送食

物　郭鵬雲　任煥奎吳縣来未見

二十三日甲午　復胡雲楣　濟之来　得陸信

二十四日乙未　得蘭孫仲田信　雲台又寄水仙二十頭

二十五日丙申　復雲台　為眉生跋廣開土王碑　獅林中和送酒菊

二十六日丁酉　冷

二十七日戊戌　復雲台　季相廣安来　得碩卿信

二十八日己亥 復頌卿 文運齋 郭甸池鵬
雲來 蔭京信 彭陸徐李蘭孫
得雲台信
二十九日庚子 復雲台 叔母七旬賀一百元
五福捧壽五彩壺一
十月丙子朔辛丑 賀筍庭頭品信 鶴齡
循陔來 運來
初二日壬寅 律如 泉孫來 得藎甫訃
初三日癸卯 送律如席

初四日甲辰 夜祀先 眉伯心岸來 冷

初五日乙巳辰初（酉正）冬至

初六日丙午 陳萬佺送西夏紀事十部

仲如來談 夜寒熱大作

初七日丁未 偉如來談 濟之子牧來

士禮居 送西夏紀事本末

聿芝 鞠常

玉笥 眉生

碩庭 香禪

滂喜齋

送嵩佺功順堂叢書 送偉如士禮居
題跋 夜仍作寒熱
初八日戊申 仍避風 送嵩佺烏目詩存 江
西蜜橘 夜寒熱 是初四日起
初九日己酉 德 小峯來 見贈叢書二種 並送席
小峯 送火腿 紹酒 寄晴 蓋甫 子趙壽
佺信 又全泰盛洋百元 來寄
初十日庚戌 偉如來
十一日辛亥 偉如 送烏目詩存十部

汈書房

嵩佺送楊見山朱修庭詩來

偉如來　濟之送水仙廿頭

十二日壬子　得張丹叔信　夜小雨達旦

十三日癸丑　雪　發京信　彭慶李王徐

十四日甲寅　復雲台　沈仲復來　得柳門

芍庭信即復

十五日乙卯　甚冷　偉如來　運來　陶民來

敦先及妹婿頤庵嵩來未見

十六日丙辰　送汪惟清入泮禮　拓本三張　少

安之子也
功順堂叢書
姚彥士
俞曲園
又功順堂叢書
送眉生之郵
以殿板左傳讀本贈眉生
十七日丁巳　葉鞠常交來查翼甫信並
廣均竹友集直名世元也　眉生贈博

塔銘松下清齋物也

十八日戊午 以書直文鞠常三百五十金合洋五百 得耕娛太夫人訃 張振軒訃

知文星厓去世

十九日己未 似有雪意 偉如來 署臬回

芝庭來

二十日庚申 小寒節 午後雨

二十一日辛酉 夜雨達旦 送嵩佺松壺集來

復 送芝庭賬幅 雨

二十二日壬戌 夜雨 復張丹林並跋其詩
唁王耕娛有幛 唁張振軒之子藹
卿華奎有幛 偉如來飯 得朱
內翰信
二十三日癸亥 復雲台 復朱少愚 汪燕庭
詩二百廿洋已付百洋餘約定今日
付 廣安來 碩庭來 繳蘄齋賬一百洋
清結
二十四日甲子

二十五日乙丑　廣安來　得子良信　得仲田
小山信夜雨達旦
二十六日丙寅雨午後雪大　復剛子良
鳳石仲田筱珊
二十七日丁卯昨夜雪甚大　送廣安功順
灌蘗書一部　四婢來
二十八日戊辰　偉如濟之來
二十九日己巳復鏡如文偉如　復黄漱蘭
送入泮禮

丁亥　卷三

吳運子本齋聯幅碑拓三雅抱(?)祖常孫對重碑拓

三錢執文碩端文志詢碑拓三

俞罡書批本宋洋長子汪鶴齡碑拓三惡福堂

吳應鼎碑拓上函夏紀事說文古本考

士禮居徐慧生寶晉吳廣安來

二十日庚午大冷夏吉雲舫贈振民錢

伯璵錢調甫劉海峰孟塗集四函

十一月丁丑朔辛未發京信彭陸卿

郭南池來偉如送西詩徵蓴齋

送右逸數書二部全矣

初二日壬申 晴暖 濟之送風雞、燕筍、風雞、白菜，送偉如劉繼送廣列女傳未見

初三日癸酉 夜雪 入泮日 振民送菜四 送偉

初四日甲戌 陳蘭坪、詢生、偉如、運齋來 振民來

初五日乙亥 大寒節

初六日丙子 復靈藝圃 汪開祉來

初七日丁丑 曾耕彥元鄉 戴綬之 姜福來見
贈以清喜齋叢書 說文古本考 士禮居
題跋 又先公年譜 墓志及馬貞女碑
初八日戊寅 辛芝來
初九日己卯 復劉仲良 吳卓臣本齋來見
運齋子也 言運齋昨到滬 十三四可到
粵 濂之來 復筍庭
初十日庚辰 手復涑蘭 并序王彥威節母
焦尾閣稿

十一日辛巳 晴
由善橋觀音廟
眼目司拈香
送陳崇妹西夏紀事本末眉山詩案
墨妙亭碑考 士禮居題跋 吳倉
石來 董彥和汪眉伯未見 偉如
來 許星台送辣菜 又送眉生
十二日壬午 李笙漁以古玉三件求售 却
之 濟之說師趛鼎以之贖未取

十三日癸未 偉如 譜琴 廣安來 偉送煙
魚糟蟹
十四日甲申 發京信 彭 陸 王 徐 膏運
齋信 托購蘇合丸 交培卿 爲心岍
寫敏德堂心月山房扁又一聯 助吳子
重十元交西園伯
十五日乙酉 得叔平 廉生 鳳石信 復之 二十日
發至 界石濱 孫文起來答之
十六日丙戌 至四牌香禪 譜琴 偉如處留

飯肴禪相左書板領回　陶民來
十七日丁亥　夏雲台
十八日戊子　晴　陳伯潛送悻　陸馨吾送風雞
進簡
送三姑太ミ十元
五姑太ミ五元
二姑奶ミ五元
何姑太ミ四元
少龠賀公十元

十九日己丑　立春亥刻
二十日庚寅得仲田廉生信　葉師潤敔百
金　香禪屬刻調生賞奇集六十家
内有西園伯吳子寔許鶴巢辛芝
枏坡詩辭以力不能矣其直一百六十千
二十一日辛卯　借抄彥士乾象新書卅卷
知不足齋又申耆藏本是日抄畢
還之送烏目詩一部
抄乾象新書裝補通考二函一切音義一

部椽高麗王碑共十八元六角
廣安來 沈亘之師三十兩 陳嵩佺來云文
小坡欲來見 暖 夜小雨即止
二十一日壬辰 送陳芝泉夫人十元 雨竟日
手復子材
二十二日癸巳 送錫之 芷林題跋硃拓裴岑經石
峪摩厓扇對錫器二匣 送彥士梧蒼金
石志泰山銘集聯一匣 貂帽沿 介仁領荷
包一匣 送祁翰香先生孤寡十元

又錢求美仙海螺舟一幅送錫之
送陳嵩佺印泥箋四匣食物四色
復李孟和梅沂贈以功順堂守材亦贈也
香禪來以花四盆送眉生
祀竈
二十四日甲午 送訥生二色 送墉卿二色
爲元鍈御樹滋書板敏慎堂扁爲石君
秀題石梅孫自壽手卷 杉鄉祭酒
四字皆香禪代 以玉堂富貴一盆

送偉如偉如送梅花四盆　冷

設席請葉師李芝瑜伯文小坡來

偉如來　世錫之送梅花橘食物火腿

馬褂料

二十五日乙未　晴冷

茶磨詩十部送

鞠常一

汪振民一

文小坡一

又香禪三
又陳萬佺二
又眉生一
又曲園一
慶箏送來貞烈編五部
眉生一
曲園一
陳萬佺
楊見山

來修庭

濟之來　夏少耕送食物

下室樹求助一元

彥士送銅佛銅鼓酒蟹

送偉如酒二罎陽野橄欖

醉蟹即少耕所送

得馬光勳筱沅信

得鳳石信　偉如信云法昨日由

川石山掠頭水人進由北行

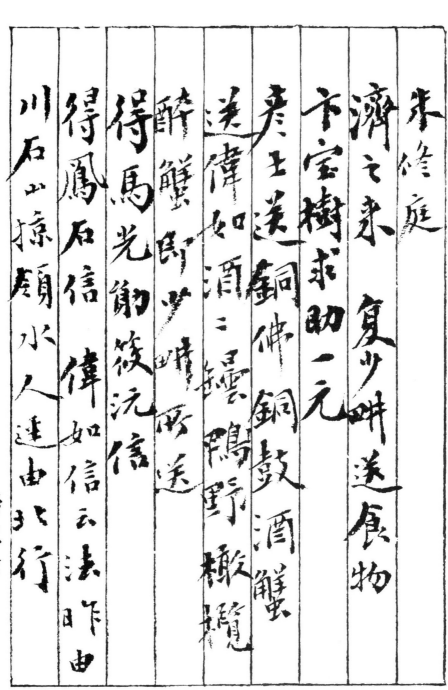

二十六日丙申　陰冷
以鳳石馬貞烈女詩文盦禪
廣安送魚膘一斤小種茶四
還其新定續志中興館閣續録
吴郡藟經續記三種皆宋槧
菀圃物也
答以糟魚海參
廣安來
有人以馬集木谷作文癸星蘄彝

沙雲書屋

敘孝直二百四十金全資却之

懷米山房物

碩庭來

宋槧紀事本末六匣裝一大匣

古佚叢書二部六匣裝一大匣

稚雲送食物二

以食物二送曲園

二十七日丁酉

信未復者　皆本年來以目疾

馬光勛　未復

孫儒卿

宣霖

福通

高承基

龐慶麟

聯綬

劉蘭洲

張朗山

施鈞甫

汾小村

曹韶剛

岐子惠

劉錫臺

徐琹卿

郭筠仙

葉師以篇韻各二見示
廣韻宣德本
又元余氏双桂堂本
玉篇殘本宏治刻
又元本頗精
吳倉石以彭姞鐘拓見示偽
今年所見古物
冊々又乙角
尚方竟

金塗塔咭未收
所見松壺畫
心田種福横
西溪移居圖弟俟仲甫作
咭筆漁物一廿一百金均未收
也園送日本空海墨刻卷及
印泥　日朝陽閣集古
眉生屬書南詔碑二冊簽工稱
汪兆曾佳士　敦成頓首

手復漱蘭贈以功順堂滂喜齋叢書以黃詩文香禪以左紹佐文前王引之送濮院綢錫器二十八日戊戌獅林寺祖妣汪太夫人三十周年禮懺四姑云囘於是日忌辰是廿九日也

信未復者

泊雲居

丟引之
陳少希
獅林寺未刻歸。怡賢太官來
到。容易記
文小坡乞畫益泉題西臺墨跡
又贈香光山水與齋奏草余同
不收字畫擬卻之
培卿說運齋昨方到粵有電
來

聞法兵艘六去淞百里
酉刻小雨即止
二十八日乙未　陰冷
汪太夫人忌辰
還文小坡二件
葉先生題古墳釋跳字甚精
小雨
偉如來
朱修庭觀察幅六送青緞兩

廣安代求

又寫文心坡橫幅

又為題李西臺臨坐位帖一頁

有眉生長跋此冊余疑不真西

台時坐位未行也何以臨之草

〻為書數字而已

聞法船又南行

援台南洋五艘猶泊浙之鎮

海

三十日庚子恭懸

喜神設供天晴冷

送瑜伯百金來謝

眉生還孟鼎釋文一本

汪兆曾號少符儀徵人眉生

說曾在雨生處

送還文小坡西堂册及横幅又

繳其世愚侄名片

再致書偉如還其電報

四姊送咖啡茶一小瓶，云以綃包

煎湯加以糖

許星台送新會橙、小東麪

松江府志

酉初接

竈神

信未復者

呂憲秋

潘祖蔭日記·光緒十一年

（清）潘祖蔭 撰

光緒十一年乙酉日記

光緒十一年乙酉正月朔辛丑 宜霖信
郎蓉 偉如 瑜伯 雲穀 吉甫 幾甫 崔齡
仲全 眉伯 辛芝 小畬 佑之 屈師 竹 元穀 彥
士 生甫 幹卿 陶民 四妹 濟之 春疇 眉
生 志嫂 惠 伊劉宗浜 連 敦先來

初二日壬寅 雪
六世祖妣汪安人生忌 汪沐懋少甫 汪恩
錦曰銅之曰花 汪寅生陶民子 衍穀子敉
銅士振民子 開麟生熙年陶子弟

雨水

汪鴻祚敬卅 和甫 志恢來

初三日癸卯 少霞 少安

高祖考育湖公生忌 修穀 志槐 汪惟蕎

陳瑩卅玉卿姊夫 泉孫 蕎侄 小坡 太官 卅 大汪

翟耆 汪芾村翁瑛來

初四日甲辰 魯岩 平如 英庭 卅 道垓寄濱 對

汪宗度 子容 陸國祥 祁之 耀莫庭 侍

志暉 戴祖芬 楫青 志愉 萬縣

龜穀 玉韞 玉 守之 訥生 介祉玉 筍

[illegible]

陶景卿子子弟敬叡志鄂汪福年
來是日親戚内眷來
初五日乙巳汪鵬駿生費幼亭程
一夔偉如辛芝來
初六日丙午至
宗祠又各宅拜影堂四炷偉如世
欽遐譜琪彼此未值寄善徵信
文眉生功順三善徵筱齋仲
武郭南池貝偉如來夜雨

初七日丁未　大雪　星台來　浮花農亟
陶信並萬肩烈詩　秦大來
初八日戊申　答客並拜三壽影堂劉洪任裔
天官坊　陰小雨　復竹年　怡琴來
承悅來
初九日己酉　陰雨　答客鮮門等壽
安甫來　小松乞橘紅
初十日庚戌　晴　復運文培卿　葉
師到館與迎設餞

高祖妣汪夫人忌 錢京硯道宝傳来 廣安来 复讚廷 泉孫来

十一日辛亥 吞容晤偉如廣安退樓〻周也 送星台明日行 碩庭為大公望鼎作緣却之

十二日壬子 廣安来 星台送眼竟烟壺 炘母及内眷来 眉生均午後過〻 曲園来 陰 晤佛鏡

十三日癸丑 晴 鏡如来 任石芝陳

少希來即答　眉伯來
喜神前上燈果花碟
十四日甲寅　答糧道王韵和　晤曲
園　贈以戔眉銅佛駱越鼓托
寄丁松生湊喜功順各一
十五日乙卯　至
宗祠　至百花巷
喜神前供元宵　得仲田十五信　廣
安來　晴暖

十六日丙辰至

芾石濱　陰　午晴暖　偉來　得仲飴信

十七日丁巳　晴　復仲飴文廉生

李簡堂來即答訪詞生不晤

許子原、戴綏之來，各贈功順一部

得竹少山畫　即答文廉　竟如來

十八日戊午　敬收　陰風

喜神　送書咏虞功順

驚蟄 酉初

十九日乙未　發京信　鄭陸王胡吳子兼丁仲仙徐小山　汜上亖下房
晤仲復　龔梓材　世澧來云可補
蔭山　程尚齋　桓生來即答　風
二十日庚申　送眉生皕宋樓照進呈
二書　送葉言師管子纂詁　倉石
仲復　爐青來即答　陶民來
得秋樵信稱弟子　夜雨
二十一日辛酉　張梅垞伯母九十誕
獅林念經　送眉生藤陰雜記

蜀輶日記

二十二日壬戌　得朗甫信　冷

先君二周年　獅林念經　四姊　眉伯　俞伯　衛臧

小畬　彥和　陶民　少甫　辛泗生　尚南

樹庭　礼之　幹卿　竟如　偉如　振民

廣安　譜琴　怡琴　香禪　魯岩　榮

炘　沈旭初　眉生　小雅　安甫　泉孫

碩庭　熙年　傑生　培卿　志輝　景

炘　侍　寶熙　穀來　范樾甲午　濬保　孝

[illegible]

二十三日癸亥　謁客百花　見四姊瀛
之眉生處留麪　午後歸　送眉
生嘯亭雜錄　鮮峰集　得運信
及代購丸藥　冷窓寄余十卷芝
二十四日甲子　復運窓文嘉卿
送眉生武林掌故八函　國朝文徵
四函　得雲台信
二十五日乙丑　復雲台　送以聯屏橫
容姊姊夫來　姪仍冷　眉伯

涇雲山房

徙生來　送振民乙巳占等書廿八本

送眉生蛾術編、龔孝升定山堂集三函

二十六日丙寅　范蔭侯樾來，今年七十六

洗蕉老人戴青書卿送馬貞烈女

古輝次山之室也詩文唐禪　冷

二十七日丁卯　冷　金石萃編送煒

彥，此眉生去冬贈者　送眉生亨甫

詩選一本、綠心的又京江鮑氏三女史詩

所贈　濟之來　朱璞山守和來伯華父

歉 本家心存尚志來

二十八日戊辰 偉嫂六十 送燭酒

泉孫來 夜雨 送振民書七本

二十九日己巳 雨 偉如來 申初晤

偉如明日赴湖 竟如赴滬

三十日庚午 抄北堂書鈔 五十七万餘字 二十八元

送眉生功順日記 又二以申季借葉

強賡廷一 先生所借

汪少符一 共五部

六月己卯朔 辛未至

界石濱至百花巷 送申季楞嚴嵩

抄眉生所刻 郭文塏來 潯弟卿

信即答 並致仲田鳳石廣生秋樵

筱山花農明日發 送豹常郙亭足

山海經二函 繼生志縣來

初二日壬申 發京信 屬許子原書父姊易

安二文 候眉生 是日眉生留辭 子原來

贈以日照滂喜一部 石印三枚 潯蘭孫

春分酉正

仲田信即答併入前函明日發

初三日癸酉　答田織庭鄭文塏獅林寺先勞卅周年　暖爐青來　浮鳳石十九英信　玉蘭盆梅盛開

初四日甲戌　寅正二大風雷雨冷　送爐青　晤彥士　振民來　彥侍來乞書餘　福堂　浮花農信　丹林信

初五日乙亥　晴　送眉生尊聞居集　文道集及琹操　送葉先生慧琳音義

八十八本三函　復丹叔　濟之小畬來

初六日丙子　復曲園湖上信　洋水仙

開　訪廣安遇曹芸舫　復黃花

農　王懋齋師德來　奇暖　夜大風

初七日丁丑　玉蘭盛開　陰冷　四叔

送洋水仙一盆　陶民來　偉如函招

鄧尉云梅花大放辭之　嚴緇生來

徐花農寄白菜十顆　梨四十　夜小雨

初八日戊寅　陰冷　答客　晤眉生　留餅

[illegible]

申刻雷　眉生送經籍纂詁却之

初九日己卯　陰寒　至百花巷晤濟之

四叔來　文卿來　亥初二地微震

風雨達旦

初十日庚辰　陰冷雨仍未止　問謐琴

病　答文卿晤培卿　偉如來　余尚

未歸也　五點鐘後偉如又來

十一日辛巳　陰冷　偉如於十月廿五

奉賞假兩月期已過　將北行

子原來文二冊 送以澄泥硯印泥
二汪松泉杯四文恭公額一十三行一伯
豆對一 看伯申復來
十二日壬午 送仲復行 送以簠齋書二種
彝經四喇嘛舊群壺一匣 托寄書板
八箱木器七匣 晤偉如 云十六行又云
二十行 晴大風冷 送塘卿對又幅
夜小雨 田織庭乞書對又送一聯
十三日癸未 晨小雨 送葉先生聯又幅

托偉帶書箱不久　廣安來　浔凰
石卅日信　夜雨
段
涇先塋明日祭四妹改期以雨也
十四日甲申　陰雨　發京信彭陸徐
李翁　淙淙不已簷溜如繩　浔仲
田並搢紳又以仲田信托申復
十五日乙酉　至陰冷
莊
祠鈕巷百花歸辰正　妹九宝穀來
送偉如大骰点心十八行也

滂喜齋

夜大雨

十六日丙戌至　送子原文意一石印一木印

畧石浜清明祭　陰雨　午後　李憲之、泉使來　夜雨

十七日丁亥同仲午　風陰　於設泾浜春祭　到者四房二支　濟均　送偉如不值　答李泉　為訥書雲住閣

十八日戊子　送偉如行　俟曲園未起

偉如云今日申刻行　日色赤　暖

清明　亥刻

吴培卿来　送眉生尚長恤毅公録　送振民養一齋劄記、方宗誠志學俟命録、劉開廣列女傳　捴兵江萬川来　川人，号晴波　得仲田、鳳石、秋樵信　即荅　夜復雨

十九日乙丑　雨　發京信　彭陸穀李　謚癸来　曲園、廣安来　風冷　申酉雨更大　夜雨達旦

二十日庚寅　雨　訪眉生未正歸

滂喜齋

雨益連綿　候曲園子原　夜雨

二十一日辛卯　夜雨達旦　復鏡如函之師以書局恐裁其人欲托中丞告以不可又詢嵩佺云無慮也

陰冷　眉生書云清明後冷如此吳中亦希有　夜雨

二十二日壬辰　子正二　大雷雨　陰冷

辰巳間雷雨　送葉先生癸巳類稿　芸台來　午見日光仍陰

復柳门　未申暖　子刻大雷雨
二十三日癸亥　陰雨不止　手復耕
娛並送其夫人祭幛　雨中廣
安來　雨竟日不已　夜雨止
二十四日甲午　陰冷　爲心壺跋龍
興寺膳巴碑仁山師舊物也　李
孟和來即答之　午姓　夜風
二十五日乙未　昨暖今辰又冷此地寒
暖真不測也　葉先生送徐興公

澍蒼齋

陸其清書目　左氏補注刻成已刻又雨　田熾庭來　蔿伀送尚書要義答以蜀輶日記　送眉生紅印左氏補注　送葉先生滕金雜記　寄偉如廿四上海信即復

二十六日丙申陰　送蔿伀楊耐軒士達古文鈔及吏事識小錄　日赤暖又將雨也　蔿伀來　眉伯來眉生書云趙惠甫索所刻書告以

行李戒矣托葉先生从屺懷借知
不足齋藏書不得洛灤熱
二十七日丁酉陰沈廷杞楚卿來丙子副
榜丁丑八旗教習大興人山東候補府現在臬
幕振民來从屺懷借淩次仲集
午後見日寫伊田鳳石偉如蘭蓀
信惠甫郎以石鼓篆釋來字
小不能看即還陳貞寄茶蓀
草蓀並信

二十八日戊戌 子正大雷電風雨 小雨達旦 以二聯送倉石 前來見所求也 雨又不止 王蒙五振鈴來 蔣幹臣國楨來 無爲人 浙道補錯 塩局 曲園來借丹泉海島錄 作函與子英 小雨竟夕

二十九日己亥 以湊次仲二父乞子原書之 倉石來 若纖庭候眉生留麪 歸 知竟如來 即往未值 知偉如廿

六上船　姓曲園来
三月庚辰朔庚子至　風冷
畀石浜　发京信彭陸偉李胡
送葉先生、戴子高集　百花見四
炸濟之　訪廣安又病不能見客
鏡如送砲式二包　訥生竟如来
李笙堂嘉賓来丁丑散習
沈藻卿翰　王芗蒙五寿以功順川寄尚
齋　泉孫来　夜子正雨

初二日辛丑 陰雨 送訥生南屏對 李區三唯豈沈楚卿乞對 沈蓀卿乞對屏 答蔣道甫 耕娛見西園伯辛玉春兄弟賠竟如 識庭鮮行即送之 得仲田鳳石廿一廿四信

初三日壬寅 陰 文仲田文星岩龍 蘭蓀 馮金鑑送幛 又鳳石信 培卿 應書瑞送堂扁 冷 答培

卿曲園晤　廣安不晤　郭鍾麟來
乞書清立堂　得清卿信即復　拓
本三分　午後晴　又作偉如書
初四日癸卯　晴　作廣生拓本二分仲飴
攈古錄醬菜二書　朱道福清來即答
至百花見四姊濟之晤彥侍見毛公方
鼎御伯卣敦二盉一器皆真鳳墅殘
帖八卷順陵碑全義門淵如映山藏
小坡送畫指福畫　發京信陸彭偉

滂喜齋

穀雨 卯正一

壬吴仲飴 復齋來 乞一扁一聯
夜半雨 四炷 送藕菜
初五日甲辰 晨起 陰 寒 以藕送眉
生 以雙鉤夏承還 辰侍是巴儁堂
蟫藻閣刻本否則梁璟峯也
曹炷亥來 巳午小雨 廣安病瘧
由日間之 尚未愈 未申暖 沉陰
送四炷醬菜二 苦瓜四 復運齋信
初六日乙巳 陰 知偉如初一抵津 初三

由水路赴通　子原來　送眉生新疆輿圖風土考即還塔頊讀在眉處趙借莊氏古籀疏證條例本來校　濟之來　賞物亭除服送禮　寅侍來不值　子原乞書對二付

初七日丙午　姪還眉生莊珍藝說文古籀疏證條例周孟輿從刻本抄者設甫之子也　亘之師來　寄花農二月廿三日書　函致寅侍閣子尹汗簡箋證

彥侍來，以涪州石魚文字所見錄屬序。又
訥生函招初九日。
初八日丁未。為彥侍作序。彥侍送拓本。
客時送裕昆要錄。獅林寺西園
伯母廿周忌，以柏二盆、松二盆、黃楊
一盆送。眉生。眉生交來莫善徵送
淮局刻韻會、巢經巢五種。得竹
年信，即復，並謝送火腿、筍脯。
眉伯來。殊風冷。山茶二盆，一紅白

甚佳洋楓亦佳黃天竹尚好
初六日戊申　訥生約辰巳間復陳
容卅文駮生　洋水仙亦盛開粉紅
大紅深淺藍白四色無黃者　訥生
招蘭園南畇先生舊園所過看菜
花甚好　孫氏來駮生來未值　晴
能穀來　駮生又來即辭行赴鄂
張桐以函求助五十以函文竟如屬帶
十元竟如於初六已行矣

[illegible]景廬

初十日己酉　晴　以梁斗南曹福元曹妹彥所作馬貞烈女詩文　香禪　李鍊琛慶恩來　李村堂曾拜門生現同知自上海来　至百花見四妹濟之　彥侍涪州石魚文字所見錄中序文改數行函致之　知京中換涼帽十五日　詢廣安尚未愈

十一日庚戌　梁檀浦以萬梓　京兆

畫乞題　吳侍送文僖遺箸六
種鈕氏說文校錄刻成萬佺送
來其篆即出萬佺手　小畬來
送眉生兩帶各一以其抄存文兩
帶還其孫鈕惟善此事十年始
成爲之一快　濟之來屬書宋川人
培桐讀管子寄言書面鄭南
池來以劉氏炸器父鼎來看拓
本也　姓風中刻後集

滂喜齋

十二日辛亥　晴　以題檀浦畫及復函屬子原書之　子原來　四材來　熙年來　補注尚欠十五元有零付清　復檀浦文信局寄　沈楚卿　李佳棠來　送以八言對各一　佳棠明日行

十三日壬子

莊祠春祭　寅正二去行礼　培卿遷居　倉橋送二席　送眉生左氏補注　論語孔注辨譌各一部

眉生竹二白一　眉生處藤花盛
閣常竹一白一　閣繡球六將放矣
詠之竹一　吾甫三種各以其
屺懷竹一　一送鞠常
翼甫竹一
中孚竹一
晤眉生歸　檢復二小文送去
存齋來不值送秋室集儀禮古
今文異同三續疑年録

滂喜齋

得仲田初三、廉生二月望、仲飴去冬書。熱，可單衣。

十四日癸丑。陰。

左氏補注、釋地、孔注辨譌送彥侍各一，曲園各一，蒿隱各一。

答存齋，送以功順叢書一部，補注、釋地、辨譌各二部。

還存齋史載之方石林奏議文

翰苑集一冊

送眉生秋室集儀礼異同錢補

髟年錄

寫復仲田仲飴廣生信

曲園存董姓太平船告以不用

引之來

二沈書

求彥竹一

洞庭書房

綏之竹一　上有龔定菴手校款
鈕非石親書說文稿本日由
萬佺索同文翰常文其然惟善
鈕說文一送存齋
得鳳石初二信竟如信張尊生十
元已付　酉大雷電雨戌止
十五日甲寅至　寅正二陰
界石浜至百花見四時濟之
得秋樵廣如信手復之

滂喜齋

复鳳石 鈕惟善号心泉 大風冷
前二日可單衣今日又重棉 午姓
譚彦初送古逸叢書二部即復
十六日乙卯 由園以茶香室續鈔
屬寫書面其前集亦余書面
存齋來 吳卓臣來 存齋吳
興之才子之一舊知于高施均甫詢其
四則湊子与瑕姚宗諶俞竹王承義
壬巳亡

澗雲山房

蓉生丈目彙如來　答蓉生引之
丈吳培卿皆不值　蔚韵曾及
菓經菓五種乃莫仲武所贈子
偲之子名繩孫
得容舫信又寄裕民要錄十本
並云廿日後即赴鄂　文卿陶民
來

十七日丙辰　文小坡乞瘦琴行窩扁一
對一　貝彙如對二　倉石來

訪眉生，繡球已開。得芝林信，即
復，答以對一、橫幅一。培卿來，亦不
值。大風，午後漸暖。
十八日丁巳 發京信、彭、陸、王、吳、殷、趙。
晨陰，風冷。
葉先生借查氏書送看，翼甫名燕緒
伯生詩續編 菀園本 精
李翰林集 宋本
九經直音 不經見

陳衆仲集 持經樓 有蕘圃手札二粘後

論語句解 李公凱 未著錄 有陳仲蔚印

中統本史記 持經樓

南部新書 兔牀抄本

世說新語 宋本

近思錄後鈔 宋刻 精

陳同禮潤甫來 恬曉生來干求 庶常致堂之甥 懷寧人

修脚 得鏡如十六信即復

十八日戊午 晴 齋中山查猶盛

答陳吉士至百花見四特謝之 香禪
屬書精舍及双鳳双扇專研齋兩送貝
子木張研孫詩五部即送曲園存齋篤
佺眉生鞠常 午後又奇暖 蒸熱
張桐去世助以廿元即由信局寄滬
雨又蒸熱
二十日己未 陰雨 存齋已歸 昨日信
由濟泰當寄去 辰正後殊蒸熱
臨書譜一張 胡芸台屬書綃屏

立夏 酉初一

四張文信局寄 熙年來

送眉生裕昆要錄二本 穿雨

單熱極 柱礎皆蒸濕

得檀浦復信 酉初雷電雨

二十一日庚申 四姊送杜丹八盆

振民送一團和氣箋 答以箋二種

陰 葉先生送錶 華館刻文子列子群經音辨

新房佩鵑字鑑 臨書譜二張

辰見日 仍蒸熱 以蔣氏書六種一部送

眉生 問廣安病尚未愈 志潮来
鴻來 貞孚之子号海秋逵秋乞書對
濟之来 手復青士 得鳳石黄花
農信 月季但者頗佳
二十二日辛酉 得蘭孫信 晤曲園
眉生誦鉢藤花甚盛 李傳元来
不值 姓藻熱 遂過游顧氏園
者不能申 初自眉生寓歸
寄竟如信 十八日

滂喜齋

二十三日壬戌　手復黃花農
復蘭孫　臨書謚一張
鈕心泉來年五十餘還其原書二部並
送以南新刻一部　壬水陛來巡查
都司未之見　陸懿庵吾來即答之
陸師母徐夫人今年七十六月正壽
龔仲仁陳蒿佺張東榮許子原沈
楚卿來　蒿佺乞書屏一對　得蘭
孫信　眉生送張文虎詩集

二十四日癸亥　復檀浦文張沅清送
以書鈕沈三部　送曲園食物明日
赴湖　曲園送茶香室續抄二
眷仲仁語彥士見其宋元本
小字紀事本末一本汪　大字全部
撮要黃　大字吳注通鑑二本汪　又全
玉山雅集元刻全　玉臺新詠明
宋板脈經黃　元板傷寒百問　明袖珍方
宋板魏書　唐六典　元板通志

十行本穀梁　元板松雪集

宋小字山堂考索　宋小字左傳

元板春秋集傳大全　宋板孟東野集 黄

影宋韓非 黄跋　宋板聖宋文選 黄

宋板崇古文訣　宋板爾雅注疏

顧氏家訓 黄校　太平樂府 黄校

元板羅豫章集　宋板新唐書

柳集 元 馮柳東物　韓文考異 元

影宋本江湖小集五十本 毛

又一極大銅鼓有建武年款伏波遺字精 泜三五斤一兩
復心峰十五信 得龐小延信
送葉先生續抄二部 送彥侍鈕說文
一部 彥侍乞書嘯堂集古錄續稿
金石跋封面 呆孫來 澡熱酉初雨
戌初大雷電雨
二十五日甲午 雨 得芸台信 陰冷
臨書謚二張 午前無事 又臨
一張 以銅鼓拓寄康生

復蘭孫明日發 眉生送三令龕記
千文九歌圖集日本古稿 世錫之乞
書屏六對一 以書板十四箱書五箱托寄
得仲田十七信
二十六日乙丑 榮坡夫人開弔在花橋
發京信彭陸王 李易發 晤培卿
祿生李傳元眉生未初歸 訥生送
箋一包 眉伯來 莫善徵來未值
亥侍來未值

二十七日丙寅　答善徵　陡風涼

左氏補注　論語孔注辨偽

善徵各一

浣高各一

仲武各一

張東榮餅行　問廣安病未愈

至百花四妹濟之　答文小坡不之見也

收拾書宋外金石書箱十二只又二大匣唐畫又古

遂初印本一大匣大字本末一大匣

滂喜齋

二十六日丁卯　晴　曹特夫來

臨畫謚三張　風冷

收拾已裱未裱拓本畫箱九只

腹瀉已六日

二十八日戊辰　晴　石盦二架送眉生

去夏以六元一个得之者　晴風仍冷

得徐花農信

鶴齡乞畫扁一對一

遣人問富仁坊無信

竺年齋箋

四月辛巳朔巳巳至
晋石濱至百花四妹濟之留飯歸巳刻
得存些信並師望鼎拓本朱梅
蓭尺牘墨刻　大雨濕蒸　即復
存齋　夜雨
初二日庚午　雨　晋心岸仲田鳳石
廿一等日信
發京信　彭達仲　徐玉
晤廣安　雨不止　風冷

訪眉生長談未正歸　培卿來
陳嵩佺送蒙隸對幅　培卿乞書扁
對扁四尤氏秋藻義莊　夜雨
初三日辛未　雨　復謝嵩佺
培卿扁對交去　拓石湖田家雜咏
五元交葉先生　陳偉濼來
答培卿　彥侍贈銅鼓全形拓　梁氏蘭
夢文寫嘯堂封面　濟之來以沉廡
卿對屏乞書又一對　李超瓊紫璈攸首

初四日壬申　送均初之子小韵培卿之子洵士恒一　送眉生洋楓二盆　任石之燠全來　瘦羊來　姪訪眉生長談未正歸　振民郭南池來

初五日癸酉　葉先生之母舅仲午同學李文伯英鍾之丈少華開弔　着任石代至百花見四村濟之並點梧瘦羊　為醴如丁長丁榮志恢如蘭

千原廣安來　得于蕖信秦權
拓本　蓉生乞對
陶民來　復于蕖　作頌田鳳石書
初六日甲戌　得心岸信即復交富右
坊　得程尚齋信即復
王禹巷廷典來蓬州人　祿生對
寫好送去　臨書溢一張
得陳駿生信云秋間入都未復
得仲田廿七信內梅岑岩信

小滿卯正一

禹昇乞郭夏〻道芝答宇軒對 洞星房
送以對幅 以拾書箱四只
初七日乙亥 陰 昨酉正將睡廣安來
云即赴金蓋山乞仙方須四五日歸
得香濤信即復 並寄〻沈書三部
一卷票一紛答 臨書謚一張
晤眉生午正歸 蘅病韵泉來診
京信明日發 彭陸胡偉
初八日丙子 延韵泉來診

送葉先生青錄之貲百 又莊書疏
泚白 送韵泉八言對
詩南庭信即復 交詢生
陳嵩佺來 得詩竟如信即復云
又得赴閩 葉柳石湖七分八元 船錢在内
初九日丁丑 王鳥皐來辭行
嵩佺爲萬馥翁仰代求對即書送去
韵泉來診 送以鳥目松壺秋室集
蘀杰医齋别録五種 濟之來

蕴岑三秦来　馬筱沅来送以對
幅　李眉生来　眉伯来
秋谷書遠十二　余送還轴信
初十日戊寅　石湖田家石刻昨面送
眉生　韵泉来診　以墓志二分寄
香濤文培卿寄　藻熱午初雨
更陳善雨林来已酉史藻之拯
葉先生送来大唐類要校本一
本乾象通鑑廿四本温陵張

民舊藏。未正雨，少大，熱甚。
得鳳石初三信。櫰浦信。收拾箱八只。
十一月乙卯，陰雨。以唐述山房書棗八
只送眉生。延玉蒼來診。今日
又涼。作復鳳石信。香禪以魯
伯俞醫來索二百四十元，還之。
櫻拙來。作致偉如信。振民來。
又作仲田信。
十二月庚辰，又作致王廉生信，姪

玉筍来　小漁来　雀戲来
祥麟号寅生　榴官号葵生
熙年来　書二架連書箱　李氏托
葉先生与前四架及書存一處
泉孫来　得孔肯唐信　印容文信局
得心昕初一信附若之文富仁坊
十三日辛巳　陰雨　夜初大雨
發京信彭逵王偉明日發
玉々筍来　診

柳門、信卿、笈之　燥熱
王魯薌來，即答之　濟之來
十四日壬午　未初，奉
先君神主進鈕巷
祠堂　來客自四時以次及親友、撫藩
臬司道府縣共客八十八人，單另
記　濤運齋、信卿、日復、文吉、培卿
蔣　沈楚卿來
十五日癸未　寅正二奉

先君神位進義莊
宗祠 至百花 王簡來診 復竟如黃
花農信 巳正後謝客午正歸
十六日甲申 謝客數十家 至花橋
見西圃伯辛兄 至春第賦年 菱生姪
韻和七十送禮送席 汪九史陳善
乞畫還之 四村齋之物受半
劉承錫送但收茶 汪魯岩茶腿受半
振民送席受 竹年送收半

玉笥来診　馬叙沅来
小畬送礼收半　眉伯来
眉生要去和合箋
劉承錫来　吴子蕃云聞生其堂
侄也　廣安送朱竹石芻言来看
十七日乙酉　至
君石浜　雨　李鍈琪慶恩来
玉笥来診　訥生送扇箋並以
江山風月册歸還　香生所寄

勵甫夫人送收茶　眉伯送收茶
胡榮桂送收茶　小匡送四肴酒二收
文卿來　子原送菜點
陳炯堂康祺來　濤廣生仲田初六信
送眉生蘭花五盆　濤心岸信即復文蔚仁垓
十八日丙戌　寅正雷電雨　送陳炯
堂年誼墓表貞烈編二沈書
辰初雷聲殷殷　落溜如鑼
玉笥來　素服十件及衣帽送碩庭

瘦羊濟之來　為同治十三年校撰札記出卯

秋雲送收條　李壽彭送收蓮心

賠眉生未正歸　振民以足培卿

來　長太看船　季復偶航文許

之琛　韓國祥送楊氏書譜及墨茶

碌眉還之等以亭之子　夜雨　南齋手

四只六十元　送之眉生桂極大四叢

十六日丁亥　夜大雨達旦　玉笛東來

三姑太太　廿元　五姑太太　十元

第三頁

何姑太太十元　林一　胡三姑奶奶十元　洪雲門

陳芝泉太太卅元　董太太廿元

汪三太太廿元　三姑太太留轎子

沈且師卅元　八姑太太[甫弟]會艮五十兩即送

雨中至百花見四姊　濟濟留点心

萬全廣安來　滄甫送食物

眉伯來　許子原任石芝來

廣安送徐同柏張石匏拓冊十七帖

湯鼎煊來　甲戌散安徽建平現起服

陸曜彩國祥收茶
吳培卿來
手復張東榮
昔戊子至婁門段涇辭
墓同仲午　送玉簡四十元袍褂料活計
函致葉先生行期致瘦羊一函
玉簡來　獅林時軒卅周年十月中
預做　世錫之來送卻之
衛靜瀾拾廿千辭之

滂喜齋

一府三縣織造鹺行晤錫之培卿
譚李王招芸怡園手書辭之
佩霍來　韵和來並送廿元
彥侍來　再复靜瀾
瑜伯五十册　亘師來送收
廿日乙丑　至
君石濱辭
墓至双涇拜　安朱黃老姨太太
墓　巳初歸　魯嵒石來

[illegible]

序初竈之魯卿處辭行

聽香禪交東賑百廿四百元

至百花賀姊父母

培卿來交二百五十元易艮

朱福清礼四玉

汪南官鯀煥來　西圃來右帆詩文鰣時收

姜貝通判陳萬屏來荔秋堂弟

孫蘊岑來　辛芝西疇璞收

廿二日庚寅　靜瀾處辭行

眉伯十六元
少畬十六元
仲全十六元
至百花四姓留飯
至花橋拜别西園伯章春碩樞
訪小雲姓壬申季
贈幼亭送百元（須閑送）此衆文仲年
静瀾來贈二沈書陶氏來同
錫之送燕菜席

治晉齋

芑種 更刻

朱傚庭來

陳嵩佺費幼亭培卿文小坡來

史雨林來又以散盤索看

沈韻卿來 手復陳絅堂

手復靜瀾

廿三日辛卯至 眉生以李超瓊子𤩽

義莊鈕巷拜 季衡 所贈高麗王碑四本送來

祠 至百花頒巷拜野 封父母謚號

送鞠講十七帖 帖卷二枚 書函二个

誼琹怡琹材重來
四材濟之三弟九弟子聞辛芝麗年
玉崗廣安來陳偉傑來吾少青
百花三八根來祐民三存鄭南池來
堯侍序初來
二沈書振民序初西園辛芝誼琹
吉甫安甫雁齡子開振民來
胥卿小廷來　吳子寔來
笙魚丁經生北基小樓堂兄吳卓臣竟日來

汪荊福來　任石芝魁文林晨來
培卿瑜伯先押行李行　得芸台信
引之來　葉緝甫來照料
泉孫汪幹庭來　得仲田心岸望日信
手復魯薌序　沈楚卿來致
憲之信
廿四日壬辰丑刻祀
神緝甫廣安來寅正到舟卯初中丞
織造司道寄

聖安即用利川救生兩火輪拖帶三舟
陶氏舟送葉師熙泉在第三舟
眉伯已押行李昨日行送至滬去
培卿瑜仙以舊陶振濟外西寶帶橋
寶樊各統領帶隊送並演旱
雷水雷　魁太守任大令舟送
巳初二過莫山　舟行無事以李榮
撤所贈高麗廣開土境王碑閱
一過以眉生札粘上此碑去冬為

洞雲山房

眉生跋此本較余本多二百餘字
于翮濟之同年
送横幅識别
培卿 濟之 陶民 振民 瑜伯 小奄
未初過泗江口 未正過黃瀆副
將余興泰將張興元來見 申初二
野雞墩四下二小火輪淺住
八下三刻泊馬頭 三景園 久之
熙年士瑜培卿來 胡芸台 黃承

亢卿、小村來，午下饑睏，又王井著
種之，瑞棻來，已歸未久。
廿五日，癸巳。丑正二起，寅刻答招商
局馬眉叔、張敬甫、邵小村、莫善
徵、謝佩之、胡芸台（蘋 黃明府）諧不晤。小村來
擡攬以身會客受也。卯刻上
海晏輪船，計大餐間六間一百六
十兩，官艙六位各十兩，統艙十二位
一百十兩。八年馬眉叔、張敬甫必觀

滂喜齋

見善徵揩駕托電致花農　見之

胡芸台必欲見，見之。

巳初濟瑜龕陶振祥麟均辭

去。昨看竹泓聽料老吳茂春　掃為

洞庭山人　培卿王念劬來　文澤　雨生

又賬房陸雨生　文培四百

小村送席收

善徵送書收

黃承乙送書茶收辭嚴

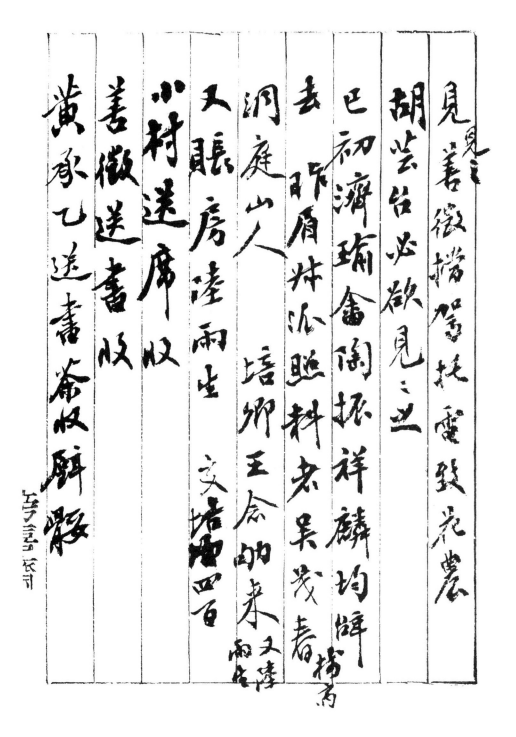

福建道唐景星來辨閘平礦者
素蓉宏來未見 李鍊琴來
葛彌孝黃琢之來未見
善徵小村又來見 芸台又送書
件收申初又來見四點鐘履輪
廿六日甲午 夜風雨
善徵所送顧氏叢書所觀光
吳尚之精朱学及校勘
黃琢之吳芷山所送明夷待訪

涉星齋

錄里舊錄之書以贈葉師

胡芸台所送書點石齋之本

子史精華

康熙字典

通鑑輯覽

蔣書五種四本

馬眉叔送茶腿醬蠟燭奉由賬房付

目送來

武陵山人遺書二部以其一贈葉師

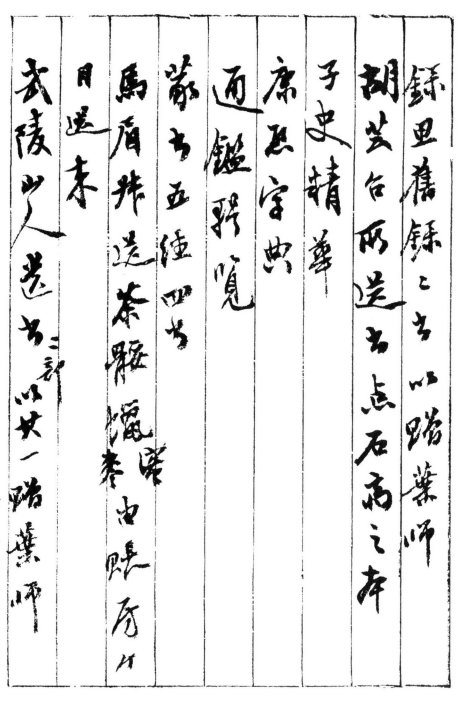

六曆通考

九執曆解

回回曆解

算賸初編　續編　餘稿上下

九數外錄

神農本艸經

周髀校勘記

傷寒論補注　吳越春秋校勘記

華陽國志校勘記

[illegible]

今日東北風挂帆三道中初減

大

廿六日乙未　丑刻過黑水洋

辰刻大霧　昨在琅泉房遇

張鴻祿來和廣東茬話之親家

即辦南書與局欠朋比老闆合

肥亦知之也　當問之廣安去得汎馳

今日可抵煙台

十二點鐘舟中具餐

焊時但
羊排骨
大骰旦
雞粉
蒙子
糖油点心
雞旦糕
甜雞旦飯
紅酒 檳子酒 加非茶

見其賬主名吳咸□係，又楊望洲之
二子同張戕和北上者壽棠青棣
三点鐘到烟台[illegible]六点鐘開行
東海關道方又民汝翊來枕谷同
年税務司和德持片請安
張戕和送收茶使一元午後晴[illegible]
廿六日丙申有風亦不大
二点鐘進大沽口丁汝昌方伯謁
來見李正在馬家口溝[illegible]侍

申刻花農來携以小輪一帶一十小船
小太平來刻到招商局小舟
付花農二百六十五次日付合肥同窓及同范華只於白
廿九日丁酉答花農宦高要書讀
合肥六峯讀行玉合肥要面
皖同宦高
盛杏蓀周玉山張樵野汪子常
來會士閣蔣諧國林嚴小
射信壽朱竹石來宦高又

李 朱伯華來 胡雲楣來
章洪鈞來 申初劉合肥又來
印閣行 天津縣陳以培送席
戲 查蘇壹兆甚襲送席
錫席卿於千齊行
合肥以搃火輪送行 罢高照
子瑋鏡又一以鏡坏者
藻熱而不雨蓋此地不雨久矣
司道以下又送行擋駕
告子壽衣司

寓甫又送鮒魚點心　申刻至紅橋
小輪淺住港去　砲船送
六下鐘泊七里舍口門三十里
三十日戊戌　三點鐘雨即止
自紅橋以上蹚剝船停若柳
沈問梅昆前日起程去
挂帆而行仍用縴水淺故也
作福嚴亭彭仲田心嶸信俟
到通發

辰初二過浦口，已行三十里。午初小雨，午正過楊村，有豫接，據云又行六十里。提督王恒鳳、武清縣李均豫接，均辭而席罷。楊村巡檢潘聯奎。未初二又小雨，過香莊。申初過禹七堡，申正過大漁莊。酉初晚生，酉正三刻到蔡村。

五月壬午朔乙亥 寅初開行 陰
取眉生所贈高麗廣開土王碑
閱之即李子翱物也較余所
藏本多前後凡二百餘字
開行李單
大小衣箱九十五只
銅器書畫磁器箱一百九十只
木器花卉零星四百五十件
挂帆行 陰 巳正過河西務 晴 風武

澗于書房

午後已熱舟小日光甚適水
以上俞淺云撥泊香河香河
去順天一百二十里河西務去城八里
戌初二泊此
初一日庚子寅初開門寅正二舟
擱淺閱石湖田園雜興詩共六
殊似元度元長依爽可喜益日
出於沈侍師老也
午過鄭孫馬頭閱長年云前集

八月自張家灣以下至蔡家莊沖刷

河一道至通州迤西三十里

未初二過長營，未正二榆林莊

申初二蘊莊，舟子飯半時許，由

蘊莊後出新河，熱

酉正二過張家灣至五里窯泊

來粮船候提，於至通州

解至，知昨高達敷差接

初三日辛丑，丑正三開行

風。夏日舟居暑劇，東曬，夕劇西
曬。允臣船不可耳。
辰初三刻，詢之云去通州八里。
風。水內有泥起，受敵云下有泉。
眼。巳初二刻抵通，舟泊東門外波興店門首。
薛撫屏（東門）、郝近垣（南門）、高星橋、李兄、
印若、益德（言）、以燦（友琪）、李老八、牛翊伯、
崇安福、[illegible]謀、分福、鄒咸（心梓）、[illegible]及蘭蓀函。
又胡子英一函，硯卿二冊去，賞力。

迎葉師房伯與年承孫至東門外福
興館吃麪用錢二千一百文
翌日壬寅[illegible]刻自通起程辰初與
雙橋過蘭蘇所借之華舟已初
到唐以峰伸田作來伸留為收攏
房唐以峰為作百之倉午正佳
訪蘭蘇還錫之申刻蘭蘇
留飲味甚佳請同往上山好任
偕葉師與年承孫房伯作到

消寒居

初五日癸卯　葉鞠裳賀節　行李昨日發今日進城　心岸、鳳石、庠卿、汪范卿、胡子英、子牧來　筱南信　四妹、濟之、撫民、陶民三姊、辛芝、誼叟、樹臣泉　茀山來　菱舟、緝廷、康民來

初六日甲辰　先君生忌　蘭孫、經伯來　子英來　容方、斗南、嶧琴、蒨卿來　蔚庭來

秋樵、安圃以山來，陳振卿、吳蔚若來

初七日，顧蒓厚、龔穎生、陸辛山來

來，鳳石、沈省檻、子美來，陸定忠

仲、夏秋坪、蔚若來，張賡颺、蕃卿

來

胡子英二百又十弟，又七弟

王益之、文勞啓槿來，江介夫來

松壽衆送酒席，菱洲來

初八日丙午，張成勳來，寄寰齋信

顧閒

文眉伯　仲田　鄭聽篁　長允升來
又黄花農　汪文君伯
張蘭孫　李擢英　趙展如　雷瀛仙
建用賓　陳種蕙來　孫燮臣　張子青
來　錢心伯　馬東垣來　王引昌　席畯
初八日丁未　眉伯赴津　孫厚　張成勳
送酒席五　張樵野酒席五　亞陶
六舟　高紫峯來　何壽南　崇光
會棠　趙桐孫來

吴炳和峯 徐致靖敬子 前來

五下鐘藴拉 廣林送 安擢來

閻益碑子一斤 子高送還信收

功順堂

蘭蓀

仲飴

少山

壽生

佩蘅
蘭孫
芾卿
叔平

滂喜齋

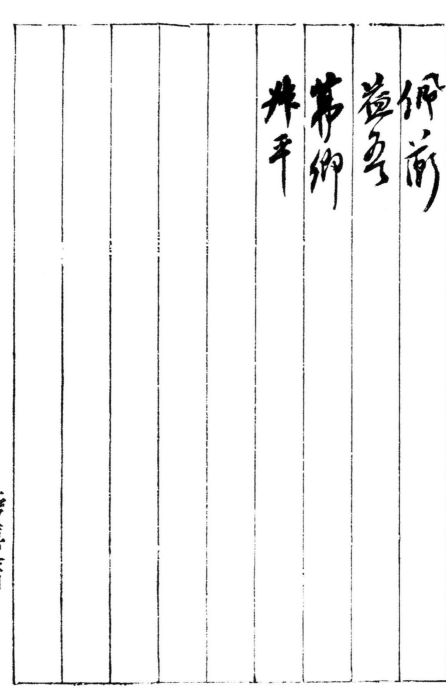

光緒十一年乙酉日記

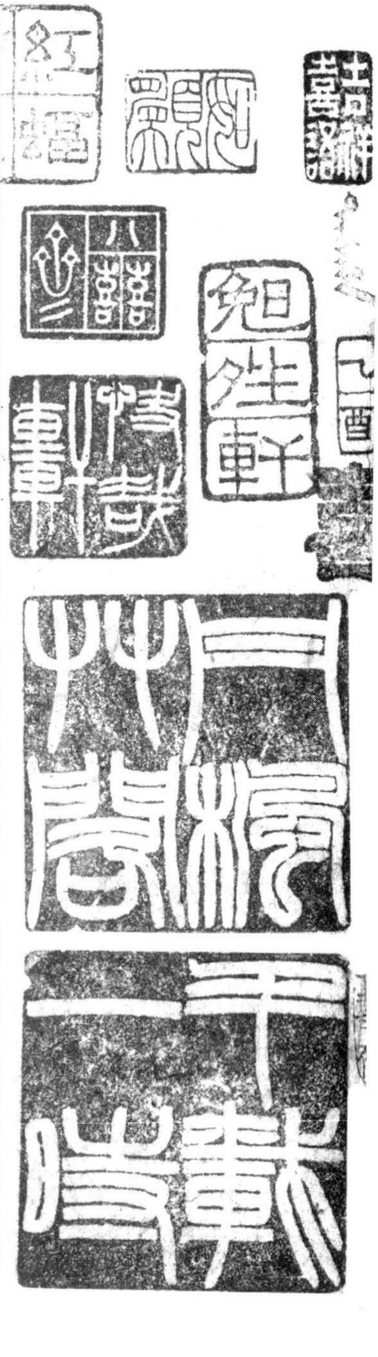

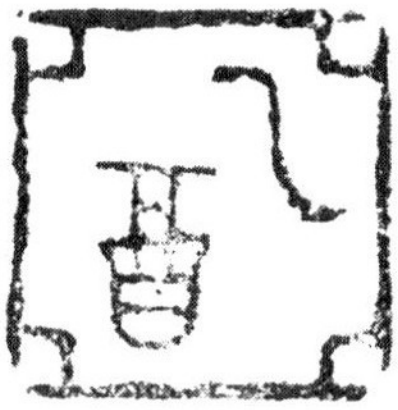

五月初十日戊申請
安辰正二
召見於養心殿奉
上諭仍在南書房署兵部尚書欽此
壺天點心謝客申正歸晤佩蘅
子青劉博泉來
十一日己酉具摺謝　星叔來
恩入直　帶那桂琛有祈雨摺
上詣大高殿時應宮祈雨磕頭謝客

晤楊南仲華　偉如來　晤蘭蓀
十二日庚戌入直　到任巳初　雨辰正作
午後出謝客　偉如不值
子英來　還二　二百　郝近垣送先署四
十三日辛亥入直　送近垣撫屏功順一
謝客　書田壽昌佩衡樹南送
席　花農送看點　雲階高紫峰
來　曜民康民來
十四日壬子入直　寅正大雷雨　到

畢。過電諮。錫菊泉具來訴。

守送以扇麪。仙芝、朗高送鳥。

得南信。

十五日癸丑。入直。送紫峯屏對。

向合英購抓筆（次日還換二）。晤蘭孫。

芋英來。

十六日甲寅。入直。到署。

派寫西天壽安兩大面。晤麐生。

[illegible]。丹初花甓來。

十七日乙卯　直日

派寫六字真言一件十一之三箋二付　聯廣生送以鈕說文西夏紀事本末　考彬讀

瑩來　子英來　階平來二百

寄濟之　培卿　廣安　振民信　眉生信

又詢生　瘦羊信　寄楊敦崖

十八日丙辰入直　到署　謝客　熱

子靜來　子英來

十九日丁巳入直　晤廉生　謝客

澗于日記

以功順左補孔注土孔居眉山百宋記
委送汨希　以平齋題跋［又續］送廣生
以麗書堂集謡諾文筆錄四種送葉
先生　以左補孔注眉山送蘭孫
安徽江蘇公局先肆壽衛拓肆
李次青來　特平來　以左補孔注西友
眉山石湖田家不刻秋室先生集送之
仲田來　次青送其集並南岳志
二十日戊午入直　到署　西安　聽心峪

送胡甫　小雨　著講送土宜　得納
生信即復爲甫長正　雨中答次青
晤蘭孫　著講堂送土宜　陸壽門送磁
四色　送松鎮青學庫庫　送胡甫嘗
帖濤書　崔階平來爲石田集還送胡侍
石查以永不通索原屋還之　夜雨達旦
二十一日己未入直　晤廣生　石查來
昨子英來　百伯翻殺之直也　寄清卿
專拓六舟文子靜

滂喜齋

二十二日庚申入直到署 過達峯
德靜山來 子牧來 胡商送石藝
劉平國石刻 煙畫一枚 博古木榻
二十三日辛酉入直 是日辰正祈雨改素
袍褂
涉
寫甚寧花園貼簽一件 答靜山曉
廉生 博古楊姓來 心岸馬子年
祥子英來 送心岸子靜子牧魚年
叔孫斗若樣恂

小暑　辰正二育節

二十四日壬戌入直　到署　晤安　發培卿
渭卿彥侍信又眉生　午初訪澗孫不
晤　送尊　左補　孔注　功順　西夏　說文
古本考　送澗　眉山　墨妙　平反牘
茶香藝抄　日赤
二十五日癸亥入直　晤廣生　直日
上是日謝雨　得竟如信十四日發　子英來
小照堂羊首自來索四百還之　陳梅村
秉和來

[illegible]

二十六日甲子入直　到署　區達峯

心岸偕朗甫來　博古楊來

馬子祥以一彝十六幣一策馬來　彝尤會　也山農物

子英來　夜風　小雨

二十七日乙丑入直　晤蘭孫　松子久

長來　馬子祥來

二十八日丙寅入直　到署　答于蔭霖

博古楊壯來二百五十兩　清　崔階平以

宋小字礼記看　筆彩來　浮英

宴均信　夜四炷淸之亮如辛之硯庭　潤雲居

振氏信　酉刻大雷雨

二十八日丁卯　入直　晤賡生　廿八李氏妹

來心岸子靜子牧俱來　胡子英

雀階平來　亥大雷電雨

六月癸未朔戊辰　入直

派寫河南淅川匾一面　到署　帽朗齋桂撫

發南信　筆彩來言　子英來

心岸來　申刻陣雨未成　子初大

初伏

雷雨達旦
初二日己巳冒雨入直　辰正冒雨歸
文子静寄清卿合肥功順各一
又送秋坪功順及土宜　送斗南土宜
摭勤劉送鼻烟四以二百千　李蘭孫送
項好鼻烟二瓶一匣　馬子祥來付百卅
千清　酉刻雨
初三日庚午入直　陰雨刻罷　午初大
雨如注　子英來　羊首卣三百　雨

未正後又大　送蘭孫藕舲二分　止人二分

板橋一分　平齋二分　大廳及西廂漏　申

酉雨更大　至夜止

初四日　辛未　入直　真日　蛙

命擬船上三字四字七言五言扁對各十二分

雁階平石查來　穎來

初五日　壬申　入直

發下忠義傳　副墨　還雷階　陳器

子英來

初六日癸酉入直　晤廣生　熱
初七日甲戌入直　到署　夏蓉庭　福
箴亭偉如來　馬東垣來　陸壽
門來　熱
初八日乙亥入直　晤廣生　贈伯熙拓十六紙
文錦如來　馬子祥　胡芸楣来
子英送看方彝　熱
初九日丙子入直
文宗誕辰　到署　晤蘭孫　石查来以江

滂喜齋

山風月畵屬乞張吉人篆　廣生乞
益甫隸書二函　永寶送看方與滕
覽還之　申正大雨
初十日丁丑入直　出西華門謝客數家
復清卿頌卿文全太盛寄　得濟之陶
民譜琴廣收瘦羊信竹年初一日發又振民信郵及十二發
子英階平來　藕來　聯綱佛昇額
來
十一日戊寅入直

派寫儀鳳所等扁對七件　晤廣生
到署過雲階　子英階平來
階平送看百衲史記　子英議卣
爵　浔清卿信　再復振千帶　文全
泰盛　茹美函　三生同駐一搨　鏡文階平緘
大暑丑正初
十二日己卯入直　直日　昨派寫對偶
改以字不及一寸　心岍來　子英階平
來　子英由磵五百以外　楊蔭北李若農以瑞
中伏
十三日庚辰入直　夜起甚涼　晤蔭邸王

澂貝勒送悖紙四萬 信孫瘧疾已痊已

到署 晤蘭孫

十四日辛巳入直 晤廣生手复仲飴

到署 心岍昨署黔撫今日來留飯去云

今日往黃酒館 寄清卿自拓一文子牧

濬培卿信並會艮五百五十兩月費平

送廣生添字小聯一 電報葉荔裳十三故

秋坪招慶和堂看荷辭之 芝南信

筆彩來 殷秋樵朱一新來

十五日壬午入直　加班　壺天遇秋坪芷
菴　賀廖仲山任桓主試　小雨　送心
岏　答對　晤蘭孫　文山子英來　韡來
博古來　潘嶧琴來　子英再來
十六日癸未入直　到署　賀心岏不值
許雀樵來　寄清卿拓本六單鏡
一、爵二、方爵一、延煦堂自一一字、簋一、文
信局寄　博古子英來
十七日甲申入直　晤廣生　答廣微軒

同治己巳

來一新數家又李次青王益吾
藉來還一爵丁父三字留一料壹五十千
筆彩楷仲殷敦來　永錞楷陽父卣蓋來
階平夏勇票　益吾來　熱甚
送心岸五律一章　送益吾書八種
晉刻後大風雨竟夜小雨未止　送心蘅壹宣
十八日乙酉入直　陰雨到署　頌若波濤
半舫駐雨齋七古　文子萬松壺三生同
駐一樓鍾三首　宜恢祿直所　交階平敷

滂喜齋

直事全清 李次青來 尚欠潘平廿分 顧緝庭來 季初洛雨

十九日丙戌丑初冒雨入直 晤廣生

得四弟濟之十一信 筆彭來 百川叙尚欠廿分

二十日丁亥入直 到署遇達峯 小雲 彥士 顧井將來 酷暑

送偉如壽禮對七十 送沈度笙甫 吳大泰八十賞席 子英 馬子祥來

曾樹椿怡莊 李丙子鄉試後試吾字中 兵部員外 湖南長沙
二十一日戊子入直 酷暑
派
三海船上兩對各一 又窗款臥壽條十餘件
復清卿十五信文心岍 作眉生培卿
誼卿信附發 又作四封濟之信 又曲園
二十二日己丑入直 到署 酷暑
送李次青對幅切順 送秋樵對畐
酉刻雨 微雨竟夕
二十三日庚寅入直 寅初小雨 兵部加班 帶

頭引

見五班　雨午初未止　偕平東百舊銅鼓

二十四日辛卯入直

派寫滬尾　天后廟　到署遇達峯　晤

蘭孫　心岸來留飯　裕竹村來

惜野及內監皆藍袍以花衣前一日也

子英林以拓本五十五張屬裝冊據竟一

二十五日壬辰入直辰初

甯壽宮聽戲二十八刻未正三散　得清

御納生信　复納生廿年又、曲、園振民　泪謹言居

二十六日癸巳　遞如意

賞還辰初

上御蟒袍補褂羅胎帽御前暑凉帽

乾清宮受賀辰正

寧壽宮聽戲二十八刻申初散

賞如意磁銅袍褂荷包銅手鐲等八件

從瀾孫借孫寫阿字印還予處

是日借諸詩韻不讀即還之

上 秩 圜丘二

二十七日甲午 入直 到署 晤蘭孫

得高崇基信 復清卿 内拓存六舟文

心岍 送朗甫圖扇二

二十八日乙未 入直 晤廉生 晤仲華

留飲 蕭小虞允文來 石查來

筆彩來 發南信 王曾仁乃

潞泉振錄之子送騾 花農來

二十九日丙申 入直 到署 遇達峰

上諭

太廟乾清門侍班羅胎帽花衣補服
假世園借三俠五義文花農
穆特亨額來號琵舫 連日仍熱早涼
胡子英來
七月甲申朔丁酉入直 荅立山懸激帽子
太夫人壽 陸和謨 袁滴基 華彩身一
數竟ミ 夜子初雨
初二日戊戌丑正冒雨入直 送傅丞請祠
直日 到署 雨不止 送葉鴻臚五十刀

洪言官房

又文卿少村信及畫對薦張福也　芳英來
閻崔階平壬世英日　心岸來　張迪先鄧銅
哉高郎送石二金文考異　不唐送來
二承丑鴻寶字　為李偉卿臨書四對
初二日乙亥入直　晨大雨
上幸北海　晤廣生　會飯　拜嚴芳範　與傑來
芳範為鞠裳議館大鞠御晤日同心岸
晤心岸並送行　寄四縣札件及件及藥物
付張福　復邁高清卿支心岸　又寄

眉生信文鞠裳為沈小宛刻小詩注事
錫鈞常請子範二姪仲午語 心岏來留飲
三盃 崇地山招初四餞之 容方子牧來
雨通宵不止
初四日庚子冒雨入直冒雨歸 遣人送
心岏 閱停止北海二日 手復子靜
初五日辛丑入直泥深難行
派寫 牽牛河鼓天貴星君 天孫織女
福德星君神牌 送沈青 話蘭孫遂

遇之蘭孫來 芳英來為宋秀雲

畫六幅 松壽來太史帶二函

初六日壬寅入直

上詣南海 到署 酷暑

初七日癸卯入直

上詣南海 到署 酷暑 頤蘭孫

蘇來付料錢五十千 堂橒送川土

宜以樓潤之子 朗甫送車馬修以雁困也

得奎樂峰信送燕菜台席 酉刻大雨

初八日甲辰入直　藻熱
上幸南海　訪廣生病　[illegible]　作書問之
芳英來
初九日乙巳入直　到署遇達峯雪階季瞻
藻熱　瑤芳來　澤清卿初六日信
初十日丙午入直　直日　到署以平齋雨
榴軒尺牘送盛吾伯熙仲飴〻〻信交
廣生　芳英周鶴亭來　子正雨
十一日丁未入直　到署遇達〻峯　蒼谷

洞雲書房

方不值　送仲華功順碑銅五銖磚
晤蘭孫
十二日戊申入直　藻熱　作四札濟之
偉如　培卿　辛芝　吴子重　外燮元信　即發
復清卿　内有拓二分　即發　又鞠常
辛芝　文泉　孫　芳英木白卣蓋藕來
濟之孫氏信
十三日己酉入直　換藍花　藻熱甚　到署　畫
雲階飯　民霞點　張小蘭　蘭孫示清

霽暑　辰正三

派

湘老人亂書奇筆打艸稿卷　索觀

示宜俱鴻寶直尤千求入歌册　不查

示黄石齋周忠介神道碑墨跡卷子

浮濟之謚琴濩華陶民振民　三姊信初四發

夏君信作心岸作山信共七函和　申刻雷雨

蘭孫取觀高麗廣開土境好太王碑

十四日庚戌入直　蘭孫索觀智永千文　平百濟碑

寫鄭金華母扁　中元祀

晤廣生　於室雅來　瞻文恭手迹箋數一遍之

送對書　于次棠　蘐霖　錫清卿　孫良又　楊小
裕竹村　民者　語也　識蕭小雲　先文　復　穆琴舫　朱季
十五日辛亥入直　熱
賞燕窩　到署　發南信共七函　子英
來　酉刻蓉舫來已睡矣
十六日壬子入直
賞燕窩　山海關海神廟扁　寄清卿內會
立戈一　古陶二　夜雨
十七日癸丑入直　到署　晤蘭孫

上海書局石印

送還子英五戈 價直六百金 子英來
蘭孫借宗拓四歐去 徐亞陶蘇撫
屏來 丹初送南園拓本 夜大雨
十八日甲寅 冒雨入直 答蘇補平 答丹初
退 若拓本 直日 藻熱 容方展
如來 得培卿芍庭信
十九日乙卯 入直 到署 送子青 退 谷
拓古泉叢語 子青拓廿一福壽堂
辭之 陳駿生其鏞來 复芍庭

文仲田寄培卿信内◎葉先生心岓辛
芝信葉先生五十金托仲田會寄並其
弟壐廿元前款　送駿生棠杏之　駿送銅手爐擱檳浦之
二十日丙辰入直　加班　梧廣生
弟莫遣人送汪孟鳳府來送到　張
伯頎文琹送直六十　崔嘉桓來
二十一日丁巳入直　到署遇徐小雲　復徐信
齊傳德文其子宗瀚並對一付洗覺
三種　于次棠來

滂喜齋

二十二日戊午入直　熱

派寫信陽城隍廟　晤蘭孫　答于次棠、馮伯申　得清卿信　酉初三雨　戌大雷雨

二十三日己未入直　到署　巳初大雨午止

復清卿、内山農、運齋信

二十四日庚申入直　特派擬太極殿、體元殿、怡情書史、長春宮兩廊四十四面　筆彩來　陳駿生來　乙亥孝廉言臣　李秉時來　吴秀華　癸丑汪

少谷世澤之墳也　花農來　復曲園
二十五日辛酉入直　到署　寄四妹濟之
信又寄侍信　會吳來王仁覲
二十六日壬戌入直　直日　李雨蒼來　送
譚叔裕宗浚功順堂叢書眉山墨妙白宋紀要
士禮居洗冤全生貞烈書件　又送渠來
海鼎家公文斗南文去　廣生送壯都
一聯　蘭孫長談　樹南招共　雨蒼之李弟
船債送之功順眉山全生　得清卿信並殊拓彝盤

即復之 送以湘帆拓本去 尋夠常七信

二十七日癸亥入直

派寫長春宮等處匾十三面 答雨蒼 徐小雲送

鍾鶴青訪古志 送以功順左補孔注辨偽眉山全

集洗寃士礼居貞烈編

二十八日甲子入直 張樾來未見 彥達子号君去

派寫體元殿等處匾六面對四付 到署

過麥臚 送鳳石左補孔注辨偽士礼居

松壺全集百宋紀要貞烈 蘭孫借閱書

白露戌正三刻

五種還二種　熱甚

二十九日乙丑入直

派寫扇八面　晤蘭孫　謝南梧餅之

戴瀛帆送來畫二幅　号春園惇邸四子

龐省三來　合美（王仁甫）以自刻竹雅扇送看去

三十日丙寅入直

派寫共三十八件今日齊備　到署　荅肖

三　發南信四封　濟之（又二件）　彥侍　鞠常　辛芝　共

六圓　合美王仁甫來付毛詩盡價也

八月乙酉朔丁卯入直
派署臣款扁卅五件恭代
皇太后御筆扁四對四支刻
賞帽緯一匣大卷二聯　鳳石山東學
仲田以艮二百八十兩還　溽清御信即復
石查拓本又以兩拓本四紙
初十日戊辰入直　黎子俊嘉蘭春東莞人
二只安看方請　陝西候府樊鍔三方
安　劉署　晤廣生　頤蓉方

滂喜齋

蘊來一偽盤還之　方坤五連軫

陸鳳石來

初三日乙巳入直請

安　看方　到署　蘭孫署吏左

初四日庚午入直　子授亦入直昨孝伯也

上幸北海　兵部直日　橋右侍班　賀子授

費午橋來　陳善璟來　曼民五　丁丑八旗

教習　容方來擇初六日丑刻偕仙洞

橋南　花農來

初五日辛未入直 風冷
上幸北海 晤廣生蘭孫 寄清卿拓本十
五本 收到印譜二函 柳門信 漢碑二
王符五信 覆之 對一
初六日壬申入直 奉
旨正考官 派正入闈 晤監臨 馬步雲 沈仲復
提調楊蓉圃 午初收 株平 薇稚 支墨
高偉到 高收掃 監試 同考 收掌
收掌 陳輝 林雷 祖述 監試 阿元 收 吳協中

凡入闈閱卷例
以分房當號再
於各房分發

滂喜齋

注明某字號每頁字之數
計鄉試只試策，故
中滿、夫承、呈卷
及實，不占一頁
可也。若以每
字號分簿，所以
各房繁之，則錄挂
難理矣，切記切記
分房為(等)一二房多
不過占十頁，會試則
六頁耳

初七日癸酉　掣房，翁稻甫吹十八房，掛策
題交嚴紅卷，旨試孫應否迴避由玉山遷
奏之正本
旨毋庸迴避欽此　安徽擢福寧曹丁未景辰高也
聖頭場黃梅孫丙子，秦年寶庚辰，二場陳震環庚辰
寶三場汪錠庚辰青際寶策綱堂三道
初八日甲戌辰正　拚平策二道慧女選璿琅成衣
命題大學論孟韻府陽　劉洪右臣良品孝
少東岷琛趙佑甲培國蕃梅岑彝年薇山甲戌
寵龍容之三百子華，德桂，安，一章，孔子，王瑞華，高士奇一節

培玉堂寫題五分印百二千紙寬錢（景旅大挑等先光）
百一千三百八十一人已正寫畢申正辦成
芽初送出寫者子初印畢開門進內簾
初九日乙亥經題策題擬定封恭
繳
御章書籍用黃綾包順天鄉試第
場題臣請祖制等恭擬係手書也
共四卷明日開門時呈遞與題目同
春秋題繳出對酌至四日始入用

胡傳之
初十日丙午。巳正外三擂鼓，內五點進
呈題。留徽寓。二場涂海屏慶瀾、顧緝堂鳴文、
御章書籍遞。黃梅岑、陳伯雙懋侯。
安摺二件。內場先傳點。
十一日丁未。涂海屏、顧緝堂、吳蓮
芳、條花叢、陳伯雙寓。二場龍在初
安摺回。對平備板在匠寓起草，正刻畢。
昨實到一萬一千五百七十五名。酉刻印

畢改正送題 六二鳴謙貞吉 先知稼穡之

難 以送 潛有多魚 三句 夏五月辛酉公會

齊侯盟于艾 隱公六年 禍之為言保也 三句

腹疾

十二日戊寅 三場 論語古注 古逸史 鄭學 選舉

叢書 招三場 高棠 安曉峯 張肖鹿 楊定

甫 于劭棠 吳蔚若有生 孔少沾 汪鋭青 江韵

濤 伯韜甫 共二席 藏研備飯 辰刻

封題備 安搨 閘門时呈遞 三場題

三場十二崧送翻譯原單
紙蓋前二場皆五塊板
此則二塊，是以本習宜備
至午正接去門條發

戌初卯正初刻

午刻文會經堂發刻併去卷。腹疾。
十三日乙卯。進。辰正三刻開門，內侍五點。
呈題紙。巳初二刻進卷六百八十三。
安摺二件。未條記刻成上堂。
又進七百九十三本。未刻上堂看荐卷。
十四日庚辰。巳初。外傳五鼓。
發摺回。卯正上堂閱荐卷五十一本。賈和叔。
午正開門送三場題。
十五日辛巳。午後發三場題。申正內侍五點。策問四摺。

供事名單

吏　部書吏張金銘

户　部書吏王學忠

兵　部書吏丁世昌

刑　部書吏張鑑

工　部書吏董塈

都察院書吏童芬

通政司書吏金國瑞

大理寺書吏沈德培

昨送卷連前四千三百五十六本

今日閱卷四十七本

十六日壬午寅正外試五試卷六十七本

發下宗室題書經所擬題先辦齋二

發及詩均。未正大雷雨閱卷卷

三十七本

借仲平宗室進呈題簽齊。

十七日癸未丑正訓文題詩題。序事

二南印沙鶴近日成詩以沙字韻

賦蘊詩申刻年送卯五點午正小雨

涵喜齋

共一万一千二百三本

聖躬安　發臣二十名郎高〇去府首

安摺恭繳　御〇 硃筆

御章書摺　卯刻發　聖覽　三場

安摺回　閱薦卷四十一本　計共進卷

一萬八百四十八本　夜又進卷四百餘本

十八日甲申　漢監臨出闈　宗室卷進　巳刻

安摺回　閱薦卷四十二本　分諸宗室卷十

七本　夜有風

十九日乙酉　閱薦卷五十一本　至亥刻

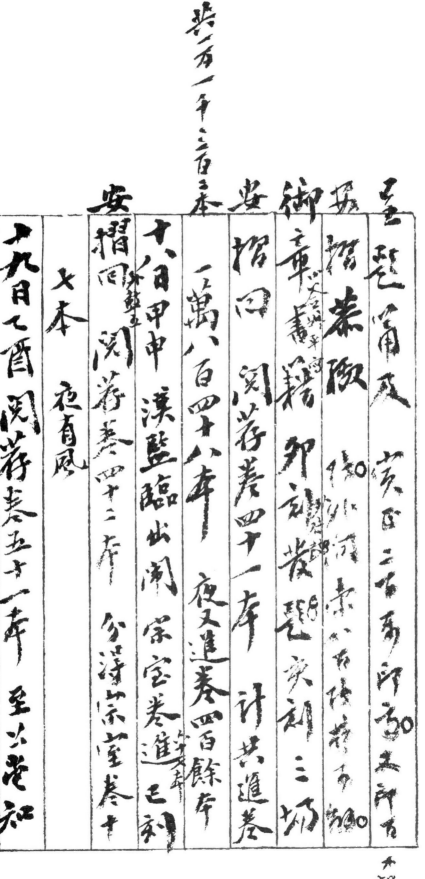

題宗室中式名 宗室卷六十七本請注
欽青宮送宗室卷摺一件請奏加簽風
十日丙戌 知照至公堂宗室出榜日期名次
該卷加簽 閱薦卷四十四本 封奏摺并摺卷共板
奏為進呈試卷事 本年乙酉科順天鄉試蒙
恩派臣等為正副考官 於八月十六日接至公堂移送宗室卷
六十七本 臣等當即公同校閱 謹遵
欽定中額 選取試卷六本 擬定名次 繕寫黏簽恭呈
御覽
命下之日由至公堂拆去封照彌為此謹 奏
光緒十一年八月二十二日 至公堂送本 上諭內有

潤澤綸綍　上諭一道

二十日丁亥　原封內點五枚　大臣諒可掌捐矣

安摺奏摺又道　武場之直選千總本

呈宗室試卷七本　閱薦二十七本

二十二日戊子　午初雨即晴　未初後

安摺回　至公堂拆封填榜　發落卷

閱卷二十七本　閱知宗室中式名次

瑞聯　葛勉　玉源　載昌　阿林　福璟

雲耀　呈薦卷三百六十七本

武場一万一千二百五十三本

一房撤閱貝一本

二十三日己丑 閱薦卷十一本 午后頭場閱
畢同考歸房 閱差 共薦二百七十八本
二十四日庚寅 夜風甚大冷矣 屬伯双跋
甫文書本房文 蔚若綱吾來 屬洪右
臣看本房二本 伯双以跋本文來 綱吾
撤閱貝字一本 手加棠簽面双四本
二十五日辛卯 撤本 綱吾來交鹽一篇
發刻 跋未來文承字首三 二文發刻 綠甘
落卷首一本

六房擬同貝一本
十五房補薦南四一本
二房補薦一本
九房補薦貝一本

二十六日壬辰　首卷房卷閱十本　擬薦中五
一卷通場閱　趙編修居字一卷前二
文到　在臣來改文二本　尚有一文未來
十二房達二場薦一本　一貝　十五房達二場薦二
本　一貝　一南　昨平古星嶽言元卷改本　又乾隆四年上諭
二十七日癸巳　二房四房六房十房十五
、二房二場薦卷來　其去又九房七房
十二房一房共九房二場卷　又十二房　又十九房
二十八日甲午　請監試同考上堂以房首文應

畢。廿三場卷、俟々首〔岩匯十三房々首卷〕換季，以降天轉熱矣〔泪昌□房〕

衣裝揮汗，殆如雨也。十三房所未薦

十九日乙未。催三場。□房首薦疑余

受四書〔房員〕以易蘇，雷同易薇，受坯四薇，受本

房中以試帖以三場謂化字作日再易

未午刻，十三房二場卷仍未來也。十三房二場卷

寒露午初二刻交

一房補薦一本月日

九月丙戌朔丙申。以詩付寫，自廿八廿九

初一日皆應自行磨對，前十本及所續擬

第六〔十二房〕南四次三場核算二房中四本廿六

六房補薦南四一本

三房補薦南四一本

房員字非平要合字三場極佳

初二日丁酉 到三場薦卷巳正尚有五房未

來 商定奏稿一件因次題故劾 申刻各房三場俱

齊 是時高來者尚留發申正乃

初三日戊戌 非平重定前十本奏重霧亦同之

更 請寫摺二件汪覓青 請寫前十名批語

名次黃枚吞楊定甫安覓日翠徐花農及汪覓

青 午正請寫未初畢顏宗臣程樹吾秦炳漁自道光七三劉連三卷申初二畢

印作覆以大軸壓 非平中卷均須定 晚五繳卷三

[illegible]

奏為進呈試卷事本年乙酉科順天鄉試蒙
恩派出臣等為正副考官入闈後准五經移送試卷
一萬一千二百九十本臣等率各同考官悉心校閱
遵照例額擇取如數謹將前十名試卷酌擬
名次黏貼黃籤恭呈
御覽伏候
欽定為此謹奏 光緒十一年九月初旨
初四日乙亥 商定官字號中卷十四本已散 巳初二刻定 一本 妹革有 一本
中刻發 封回堂士奉換頁一本 第四周均

泊書齋房

安

摺進呈卷十本封奏一件 奏摺一件 卷箱

午初將各房中卷交監試發各房磨對遺不

在內六本共七十本 今日甚熱單袍褂

猶揮汗 定本人名下副榜十六名 謄錄

本年加倍取應每人取六十五名 風

奏為請 旨事查乾隆四十四年順天鄉試題為

子曰毋三字是科舉人于此語以家寧誤認

為靠語急与侍注不合欽奉

諭旨

訓飭並指出元魁表中國制天恩御序天家

詔祿取前當面通以曉日諭主衆今科次
題為子華使于齊全章各房所薦佳卷
以此題為全章作請與三字題不同等語
作為波瀾語覩蔡挽行沙汰則各卷中十居
八九幾至不能如額臣等公同商酌除明誤
會題解外乾隆年間于海諸〻以家章為準
者悉加擯斥外若就注中祿字僅止引用
經書中字面既於文理無妨不得不須文
錄取即如進呈前十卷中間有駁前詔

臣潘祖蔭敬擬候

稽字撮其應否取中之處恭候

欽定謹奏請旨　光緒十一年九月初五日

初五日庚子卯初小雨即止風　實首奏填中四十二房　蒙印二　三不當　覽　鮮又

目箬八　八房大　南院廿八　十二房　明

目飯二十三　十房光　目夕七十四　七房　光

北鈒辛十六　二　朋　南倫四十五　三　大　原第二

目佳四十六　十六　大　原第一　滿蒼四十七　六　明

合寓三十六　五　正　南院六十一　十五　光

申刻闈門

[illegible]

安摺回另有
旨，戌初開門，李
旨准其取中。夜大風。

初六日辛丑　綱堂、少沾、枚笙、花農、定甫、曉峰、海屏、蔚若來。風雨。吳時齋來。夜大風。

初七日壬寅　風冷。中卷應勘記卷，未初始看本房送來，尚有四房未來也。黄八房手直至戌正二始送來。此次各房均遲。

初八日癸卯　竹西劃速三卷先送原委批

卯印衛條，巳初畢。巳中卷發各房加批。
刻榜六印，丁逵三印衛條。午初手填
草榜，辰正畢。二人唱名，一人書之。各房排次，未初畢。各房加
批。申初交來。明日請留名次表。陳伯雙、張曾
敭、黃仙裴、梭岑、楊定甫、花農、蔚若、孔少沾、
汪□青、倫陸、夫共十位。發條於十七日卯半
馬來，於十二日子刻到貢院門。申刻，朱季[illegible]
發文單兩司[illegible]數。付榜加批。酉初
謄錄取定二百六十名，由薇安定

初六日甲辰　請同考十位書卷面名次　填
閱墨名次　冷　辰初上堂同考閱薦將各卷散內各号
將正榜一二呼名十卷一束已正畢然後請十
位上堂唱畢即唱副榜名次　以後　命翰請江
銑青宮　名次填訖時午刻　星為裝鼻烟
初五封奏及　旨擬明日移文至出堂　午後
出服揀監試各房及雷陳二收掌皆各各　留余
兵部筆帖式十二巳本完頃後　命翰安翰
閱發各單　書籍金菁五十千又抄

文十千　刻字夜登科又刻字奇　又卅千家中郎

又身家中郎　照試家人四千　壽安

家人素六千　收掌家人六千　剃頭

十二千　香廚十四千　堂甲八千　茶房

八千　水夫八千　搬小李四千　衣大　亂

初十日乙巳　發落卷　筠少雲爲目前之

號丑初填榜爲抄以甚從理使差遣衛

錄也閱報知極載詰屆鐵領錦袍褂

偕榜平手寫榜字及晚誦

十一日丙午 丑初起 候監臨提調
彈壓供給交刻訖子刻謄
錄訖 余及省重吳阿及同考仍宿闈中
十二日丁未 寅初出闈 兵部程壽
張曉大來 文以後命撥安撥蘭孫
斗南益吾偶來 飯不來 星叔未 門人
張謇 西源 惲毓嘉 為妹寄 運 煌延
慶禹 步元 許々 榮 沈瑞芳 徐增 晚甘
十三日戊申
上幸南海 張蔭 趙野 劉子良 萬士 楚崔王 賜清 少石 伯江 森
皇太后過 均在德昌門外橋側碰頭晤廣
王均 延蘅 楚椒 許儀 年果 清周 行舒 達文 瀏楊 表之

召入王文韶劉崇毓慶祖蔭瀛瀧瑞寶王守訓崇勳

生蘭孫　張子潛方孝傑阿林丁達崙祥瓏呂海寰

沈曾桐三林　繆小山何紫光李仰棠

十四日乙酉　入直　開發內廷　賞　志頏黃仙裴棻

召入王詒義朱祖枚醇傳考昌鏈燈甲且成楊銳頊學

上幸南海　載兄堂福康慶元景誠鈞驗祥丁宗灃崔居璸任瓏按

賞大卷六件帽緯一匣　溫元展寄來　朱琛汪鳳藻璸昌術

吳蔚若來　張肇鑅　蔣士琛來

十五日庚戌　入直　夏清卿益壽頌卿墨題箱

發南信四封濟之辛芝瘦羊墨十二庫　廣安

夏仲館墨二庫　晤廣生墨四庫　尹良崇良來

裕昌郭恩賡來　容方李丹崖來　林蓉鄉贈昌

瞿成底友朋光瑞陶子來　尹良崇良水寶煜瑞啟　劉元輔寶琛讀

霜降 未刻

錢賡張琢莫蔣吾萬志庚鄭衣濱梅友明來

薛心田潘海舫陸樹庭錢子欽寶成來 皆留刻

十六日辛亥入直 朗齋花農方作孚王桐蔭槐

鄭光瑜吳昌坤李景暘陳景墀張渭了沙郝植東

覺佩蓮劉澤溥傅世焯顧鈞祖碩宇常光斗

安國琛蕭來 送伯羲孟彤拓本校經 左補孔穎全生

十七日壬子入直 晤蘭孫 蔣式瑆張微瀲秋芳來

石匡少東朱極之方孝傑榮麟來江佐蘇玉焯來

十八日癸丑入直 送伯芳孟彤拓本又別拓三分 繼良

文廉生文托使送拓本

培卿乞書對聯來
爲即寫之

李甫（方豪）戶部寅夏守　寄清卿、培卿（托候書拓）墨一小　劉宗蔭來

胡茂言　安曉峯　周慶榜（謝源壽）馬宣淦來　復壇卿　鞠常

傅增淯來　陳熀　郭恩二司官來　郭之少蘭　員男盡忠

十九日甲寅（入直）　換羊皮冠、黑絨領、珠皮袍褂　到署

汪同生來　復清卿（橫幅）、子靜（墨四本）　裕祥壽、楊星伯

炳源（大沙）、胡景桂（月海發）、張一麟（仙舫）來　李春澤、張祖辰（漢、涵齋）來

二十日乙卯　入直　兵部帶引　馮學彥來

見五名恭題　姜秉善、華學瀾、瑞璞、諸成來

皇太后畫梅四幅　王懿師來（山西聯薇云）　王蔣卿來

寄知無信墨、內心屿信墨　又汪[illegible]

二十一日丙辰入直 寄裕壽山墨、左孔信文回生
胡景桂錫良來 送子授左補孔鵠松壺 容方來
董研秋之子淮幹來晤仲巖
二十二日丁巳入直 贈廣生搨廣業太守碑 鳳石來
梁錦奎來 到署 午風 高書麓來辭行
耿士環小宋來辭行 崔文伯樸齋回籍 武縣知來
二十三日戊午入直 唁舜臣 董仲巖辭行
子美來 百草彩來
二十四日己未入直 晤廣生 樊福貴攜玉銘

廷棫、汪四生來。楊容甫來。換銀鼠褂。

二十五日庚申。入直。風冷。湘來。方

派寫恰克圖關帝廟德周澤洽扁。陳恩榮、崔宜、杜華、鳳章、鈺、祖庚、麵王世理、黃錫光來。康濱颿理來。寄王魯薌鶯皮甬濟之墨。

二十六日辛酉。入直。拓氏墨二，陳葛綬孟鮮墨。

派寫河南康邑汲縣堵文君仰文陶氏二，又祠生年芑。關帝廟、城隍廟澤敷渦額，三分，係隊匾，湖來。

二十七日壬戌。入直。冷。眉伯行。劉文海禮

星沅李嘉瑞小軒子麟海壽來　胡來借摘孫

湧天四言贊文詞　共日以原本還蘭蓀

二十八日癸亥入直　冷　寄彥侍墨盒畀貢壺

唐蕃志等共六函　石查來　百陳治堂張元鈺

來　明漱　屐絅步來

二十九日甲子入直　愛吾廬腰蘭孫　水鏡

煋來　詩振民葛佺臣印收　撥洋反嵐湖來

三十日乙丑入直　祀　先

上諭　太廟乾清門補御侍班　崇文山來

泪臺書房

卒未刻

到署　午刻微雪後小雨

十月丁亥朔　丙寅　卯正二　直日

坤寧宮吃肉　補褂　晤廣生　李鍾璜來

姜瀲子副榜號仲貞　李念莪來　刑部李天

司棣云　劉吳節之　吳其鎮山同鄉也　朱錦厓甫

陸悅周樹甫來　子英來　仲蘇來　漢軍癸

初二日丁卯　入直

派寫長春宮水門扁對十分　六房請

文昌館辟之　容方來　孫寶

派 派

琦來子授作郎也 六弟送文昌酒
康以送劉子良 夜大風 換染雲絨冠
初三日戊辰入直 緊換白風毛
寫凝香雲簾一幅 七頁
寫閱是樓林服三件
初四日己巳入直 風冷 晤蘭孫 吳樹
梅新直閣前來 審方又來看
勤工受所
初五日庚午入直 帶吳組庚入直 [illegible]

禧。卯送神，內中二次。胡子英來謝。高蔚孫送禮，驗屯送木瓜，文山送燭、酒、點。楊蓉圃送酒、點。

初六日辛未。入直。昨戌刻職方司不戒於火，寅初到，罷，知已鎮撫彦卿奏。據稱即即時撲滅。

萬壽聖節。賞袍帽料四件及帽緯。往虛天仿儀徽茶讌之例，問馮伯申，照往年西房

午初到署 本日摺奉

旨依議 約庚生來壺天（未初去） 馮伯申來 其

值班 與庚生此也 庚生以位西注四

庫 捐目來閱 印畢之

初六日壬申 入直 詩濤之譜琴三妹 清卿 廣

安辰印復 發誼卿 培卿 清卿 濤之信

內仲午吉姻事 劉姓來 益問都黃來

初七日癸酉 入直 晤蘭孫 徐國楨（葉鞠子） 趙夢

奇來 穉榮河來 彭峯人 胡來二百

迴不查來求

初四日甲戌 入直 晴 袁氏之米濟民

來 收高集中吳 記聞 顧山顧記 陳伯

玉集 楊壽剡 元極 亮濟 崔律 髡昌 共四十

四日 張天翔 明月 直入 清風 孫基 八

寶刻成 送蘭孫 缸藍拓 廿分 共拓藍

五分 缸八分 石查來 送一爵 秦鍾

簡來 兮胸 南彰 放竟 沂唐是代原

法源寺書 漸取回

初十日乙亥入直
皇太后萬壽聖節慈寧門行禮進
如意
賞覽 借蘭孫中丈處題王百穀萬
年青一幅 潘蓮巢壽雲東逸史
萬年青一幅看梅樓題付子美
銅刻 王樹堂寄顧來 胡子美來百
新鐘清 鄭野帶去請假謠琴論之詩
夜大風

十一日丙子。入直。孫未到。風。兵有書。
斗南函，段伊胎兄病故。
十二日丁丑。入直。梁未到。方長孺爲刻三小印，
皆不見工。茹到署。石查送一銀鈢，有
（字隸平原大鈢集古璽）司工字，宗五方還之。子英來，一（史頌）敦。
還蘭孫申文定題王百穀萬年青一幅。
武闈外場今日復命，（爆翰）內場明日放。
本列翁、（潘汪）祁、孫、孫子授、孫燮山、徐、（李薛周葉）周、梁、許、李、
瑞棻共九人。李秀峯秉時來，李廣芬

正分發安徽　沈梓人來　彭年
十三日戊寅入直　還蘭孫蓮叢畐叢年
青一幅　孫入城閣梁未到　斗南借廿金
逢壽門送茶壺四件　文張送來鳴珂等
林仁璧　饒孫並來讀書楚文
十四日己卯入直
命擬水仙花盆上二四五七言又五言七言絕
招徐花農駿生泉孫宵斥留飯
晚錢蔭先生　仲田來告其庭於十

小雪十初一刻

三亥刻去世　發清卿、誼卿、培卿、濟之諸函
辛芝、竹年信　董薇研拮十五日肆之胡
子英來，百　張樵野來
十五日庚辰入直　晤廣生　嚴子範、葆
川　送黃枝岑濤書一部　又高紫峯篙
書農、剛子良、張樵野　陸東以來專人
子英來　原裝伯威六揭拓四十三兩　馬子祥
撥助四十千
十六日辛巳入直　大風　雪賞五付

送胡爲一聯一大司馬不受　李恂伯癸巳

唯識 吳峻齋 山東子試 胸來　午正到署

十七日午刻入直　醇邸生氏煩鎗帥廿枚

直軍五十名　娛恂陶氏 三妹五十　石風

送蘭孫東譚館 法山風月集　劉芝田

劉子良來　諸府來　嚴子薪書帶

十八日癸未入直

寄湖北府縣

六帝廟南琉江服佛寺　琪蘭蓀

滂喜齋

芍英來　世錫之家交來濟之前月初四信件

十九日甲申　入直　荅樵野　芝田　莊蘭

聽廣生交百金　呈市平當文壹百金票

兵部直日　換戴本色貂帽貂領

博古送來醒教勵右圍拓云帶跋索二百並之

王戲端仲頤　李季衡時來

二十日乙酉　入直　進內

上幸北海　兵部加班奏丁廣勤武藝試錄一摺

上過永安寺時侍班本日吏部亦加班兵部例
到者惟余耳 以鞠常侍又至中江西道
發葉先生詩 辛丑曆美廣安清儀閣
卿語卿信 寄眉生輓聯 送笏庭輓聯
廿一日丙戌入直 請同考官以假屋爲辦
及監臨提調內收掌謄錄對讀各班惠初敬
嚴修範孫來 壬午後試榜未應第
得吳仲飴書謂同邑也 夜有流星自東而西 西而東
二十二日丁亥入直 廣安又來鏡辭 中三

潤書齋

斗檢封一、小行書二、亮二。送段笏林在
匡陶堂集、來青館文集、桐江集、江山風月
集。增壽寺竹庭家詩信成脈往來之
劉吳若江容方圃、黔胡子英來。
二十二日戊子。入直。
上幸南海。晤廣生、文彥卿十五枚直
百四十金（明十金、去用）。梁斗南之先開
而文昌館法雨之。約譚仲修
到。晤張季直、殷秋樵、胡泰福、劉

撲刷榜來
二十四日己丑入直　以蕘圃年譜小（濤）
浮築詩文士礼居左補孔雜賂張季
直又慎菴詩文又陶淡詩文又丕璐
劉傑詹夏宸　查居季直代擬節署
錄翁序　達文淵來　胡子美來
二十五日庚寅入直　兵部奏事
上幸南海兵部加班奏武殿試侍班
寄方擇本日辰刻雲海葉之西廳動工印

係從前書局也　胡子英、林　劉仲魯、張季直來　夜大風

二十六日辛卯入直　大風冷　子授上入直

是日係禮部值日，渠又權禮部也

子青屬爲菊坡書跋，又送碩孝士畫一幅

送楊蓉圃筆書帖、祭紅琢合蕉葉心

胡子英來，還三二百，攜一硯盒來

寶森送五倫書、元板綱目，還之

詩振民十二日信，並汪郋亭墨刻，又十三信

二十七日壬辰入直　兵直日十五件　二斤
復鳳石　交戴毅夫函　胡子英來
送仲田四十壽不拆帽緯袍料褂
料　杭縐花袖共十件
二十八日癸巳入直　孫未到　吳慶坻班
先穀寄張玉珊鴻阿贊書文
陸壽門函　子英送看手畫譯
畫扇箱寄印意之　大風冷
榮增來本科譯人　趙寧文　夢奇來

送廣东大埔比　以恬菴詩文送廣生

蓉塘祺秉沔陽主考号与九

二十九日甲午入直　斗南銷假入直

賜蘭孫受菊花猶甚好之

賀江寧才送湖北鹽道　芝白七　以外同

唁傅合肥有东坡海上之行氏賓兵

是乎之　發南信濟之振民辛齋謹

卿培偶詩生葉鞠裳共五

送左季高祭幛文湖廣館以楚人令

日祭奠止　公請同考官奎星閣讌
派六分卷拾一册、弍名　到罷未初一刻
歸　在署見禮部來咨，知初一日內閣
會議陳寶琛在江西學政任內請以顧
亭林、黃梨洲從祀　孔庭　廿五晉在南海
邑館招潘宗伯及蔭軒談以意在駮之
蘇來購匣一　玉上盤瑪瑙壺料、鏇壺還、
寄賞册付　文四十付共　詩柳門代言
初四道沙窩門

監試　每十千　共加十　付

委官　每四千　共加八　付

収掌　每六千　共加六　付

剃頭　十二千　付

兵廚　每四千　每加四千　付

堂皁　四千　加四千　付

茶房　〃千　加四千　付

水火夫　〃千　加四千　付

共九十六千　又廿千

共領多百叁拾千

大雪卯正一刻二分

十一月戊子朔乙未入直

派寫韓江閘大王廟扁鏡清昭佑

復柳門益函玫松李丞陸李門

穆春厓來 文邦從來 辛酉川拔

初二日丙申入直 送趙寅父父恭年誼

恩補東津洗寃 子英來一肩 芸孟子

孫文乙丑蘗還之 劉昨日廿付合廿付

濤廿一濟之陶民信昨日濤韓卯信

初三日丁酉入直 復李蓋和 福沂

承墨莊葯來湖北主考 吳繩武來

得培卿鞠常廖萃信 黄倬信

初四日戊戌入直 發南信仲濤之培卿篤

復陶民鞠常廖萃眉伯幹卿辛芝

容方來 以濤嘉及先刻年譜並補

東澤功甫以集洗冤全生送吳時雨

朱一新來 柳門到京 俞广新裳二件

初五日己亥入直 至內閣閱卷蘭孫 禮部莫贈黄 稿丑冊請

派復勘各省歲科試卷 懋勤叔妹平來

汲喜齋

胡子英又送卣盖来

商觶二觶三得来商卣殷叢從祀事也

閲伯熙所撰奏稿删改之　到署　風

果　鼎臣遣人来告以痢疾仍不能入直

劉諭寒来　汪柳門来　初八日補雪

初六日庚子入直　復清卿四言贊　詩天　誼卿

送廣生藍杯　詩天對　直日　大風冷

初七日辛丑入直　識之托世錫之允寄冬[illegible]

陳蘭作寄細扎文之回謝詞　眉以討梨[illegible]

文卧在内兄寅才柳門振錫　濤張

丹珠言 汪泉孫來 賓森來收拾

書二種 送蘭孫三國志証聞 以葛倫氏

以鈕氏說文校錄一送廉生一送仙芋

邊潤民來 胡子英來 楊蓉圃來

胡子英送鼎拓八紙並拓二紙還

初八日壬寅入直 廣生爲代購三布一疋來上耳

上詣大高殿祈雪未刻仍還養心殿

先是以收拾天海八月 濟文沈蘭台寄香稿一包

中杉移跡支實也

初九日癸卯入直 到署午正二散 文竹

趙寅臣來。

初十日甲辰。入直。天安門禮部朝房覆看各直省試卷。答柳門、潤民。寫對五十付。子英來，百。加班奏事。亞陶來。寶森來。中吳紀司裴成。

十一日乙巳。入直。大風。劉好齋年青二幅送蘭孫。伯以送常熟制誥集三函、高傳集、東坡文苑、焉不山志及周易明拓以濟袁韓古孔氏拓之。寫書四付。

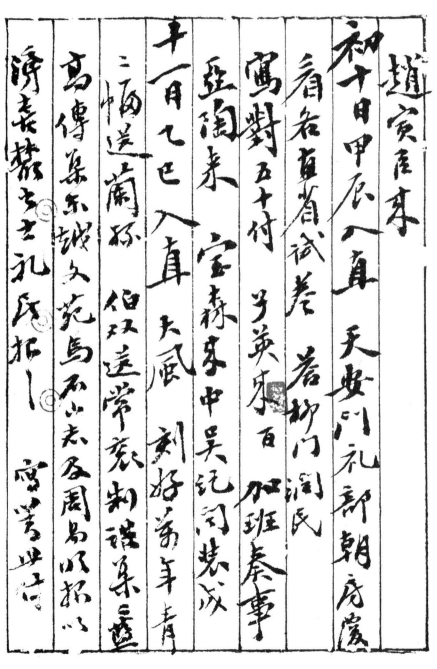

黄秀生群杰来　亚陶来诊残太之　[illegible]

十一日丙午入直　招花農来

上
只安看方請

安
松錫侯来

十二日丁未入直

上
已愈看方請

安
言言慶邸錦佩卿帀子騰昨去世錢廣生不

值　施小山入鏡送本日宮銘先江淮等要諭来

十四日戊申入直　岱城松邇瀾孫　兵部五日

冬至子初三刻

晤陶樓　南雷瀛仙來　芮[illegible]六千付
文宣廿付　共七十付　王廣堂來　江西主考
夜請森來　小腫未見
十五日己酉入直　寶符共三百六十付俱全
上
微受寒仍看方請
安
冬至夜祀　先
十六日庚戌入直仍看方請
安
馮文蔚來已晚未見
十七日辛亥入直仍看方請

學壽龕

安晤蘭孫　午初到署未初散　着馮蓮唐
微雪　雪至半夜止
十八日壬子入直看方請
安　壹天遇蘭孫　會二户
許長侯南閩送練軍一摺　武庫司沈振
識來　黃枚蓉來　若農來
十九日癸丑入直　晤若農　若農來　君慧
送鼻烟　送以葱尺二合　送邊閏潤民端
及家刻　李荊南送昨日同鄉公恩摺
來者送以家刻　胡子英來　古廉某

啟

冊九十二兩又五兩十三兩　蘭孫由吏部送
馮蓮唐以家刻見贈　詩濤〻譜君振
良臣印段　送若農以家刻六種
孫仲軒來
二十日甲寅入直同辦分
壺天偕外平濟蘭孫　文妹平治
陳彥輔來
二十一日乙卯入直　偕翁孫〻周徐〻歐
龍奎陳秉和　議黃頤從祀〻摺

年差始寫福字四十出門見
喜等廿三件　滑辛芝　艾信郎
夏宝森來　青　誠勳來　吴果泉
庫司坐糧廳差滿　本日另議一摺　奏
上諭大學士六部九卿翰詹科道再行詳議
胡子英來　若農仍入直
二十二日丙辰入直　寫年差天佑皇
清　十三言五言長壽文壽八方　兵部
直日　若農柳門鍾寶僖來

馮蓮堂來　送若農左補　孔輝　士礼居　百宋廛大化每

二十三日丁巳入直　寫進上福記

吉祥四字五分春条十二件

寄清卿拓片卅二張　有鏡銘

送柳門左補　孔輝　貞烈　秋崔　叔盦

慎庵　桐江　東漢　功甫　東古文存　士礼居

還病不見客　夜農來　胡子英

來以會芑拓王蘭畦拓廉褫

二十四日戊午入直

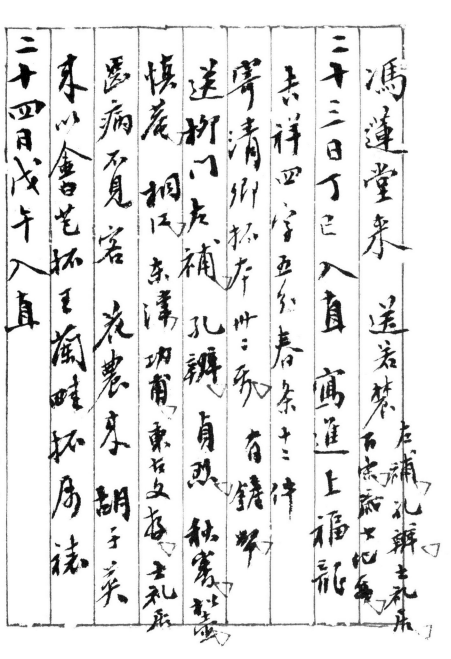

上祈雪大高殿　午痛　發南信共
七函又運齋信　誠果泉數送十包
墨酒及茶糖包　送唐鳧薌經笙
類稿　沈炳眉源深來送以丑補東海
年譜秋審洗寃正學六種
趙宇文夢奇來送以蕭刻六種又
不傳轉送朱丙壽
二十五日乙未入直　年羔余窩一百
十二件　兵部加班一件

傅雲龍來 楙元選司郎中 以内中
節賞余幅三百卅件託斗南兌人去
胡景桂送叙郡琰碑諸葡和濮水不
檇記 荅以文恭小浮先生年譜與補訪求
書學編 胡子英來 畏識它
以播經類稿 送伯羲學文庵
劉藝臣來云 太素劉鎬鎔丁 前 游程小
泉兄之子 其泉 云是乙亥 高
二十六日庚申 入直 朗齋送 席 存

日請訓也　午初到署　未初散
胡子英送鼎來　蘭孫借書七種
二十七日辛酉　入直　本日上諭復王公官
上只安看摺　請　賞俸餉一道
安　柳門送酒食物及玩文錢各圖文
文芸　廣生送漢寺大字瓷杯去等語
一幅即付裝　眾孫送冀鼎圖一
幅　昨日其生日也　春農送朝珠　看例寄銜
二十八日壬戌　入直　看摺　請

安
風 范秋舫來 以新得彝拓
送廣生及徐生 劉滋楷來 六十一戶 邢位
胡子英來 裱冊送來
牙痛至今未愈
二十八日乙亥 入直 看方 仍請
安 激蘭來商遣未由達廿四屯
沈特眉送禮八色 辭以發彝
上諭 工部尚書著潘祖蔭補授 欽此
花農來留 花農每來

四

工部司務廳中衛來 黃仲韜學士 [illegible]

得滿滿三姊信 鞠常信

三十日甲子入直見揭帖

賀閣張侯萊山 吳䌹齋來 朝房

遇福箴亭得協揆 司農升平調司農

芷蓉補工尚 文山調太宰 文衛門管兵部

復侍壽宮令以覺衛更換班官明日

額小山協理兵部 發南信四妹濟

之三妹培卿誼卿二五 鞠常七五

柳門來　斗南送吾宗燦竹樓

以浴手痛　殷秋樵來送以家

刻七種

十二月乙丑朔乙丑入直　公摺謝

恩乾清門外磕頭恭代

御筆開筆

乾清

坤寧

養心殿福字四件　劉工部任　增額

小寒申正

小山嫁女拜客數家 梁經伯來

若農送一席以送嚴錫侯 湧崖

前廿六次二玉 手象清卿何壺手疏

藻林維源來長嗣有

初二日丙寅入直 再送譚前席

派管理火藥局事務 晤蘭孫

陳駿生送嚴朝畾一幅 漱蘭送習

學記言試讀行茶科漆合好 筆帖式

廣興請平送謝摺來者 廣生

目　賞

寄存件取來大小箱　送愙齋閱墨五本
若農寄閱墨二本　並蘭來
送以家訓六種　工具日
初六日丁卯　入直　夏撫衙
答陸蓉子騰　外國約年會晤
第三號仿稻藏摩續篆前沈中良一
五年伊館二點　到此館二點半　美館
三點英館　中西路均已至　新
大卷　潘李賁山遞行

初四日戊辰 入直 送張朗齋行
萊山招未剋赴 送蘭孫桐蔭
論畫二本 王可莊來 江容方來
午正到署同芷菴未正散 晤清卿
信云初七到京屬為崇文門監督
初五日己巳 入直
派
寫冬宵聯
閱
帝廟神威普佑四字 和房遞蘭
孫壽泉以清卿意囑函托壽泉
蔭軒此菴

賞耿餅 寄廉生件已取齊

弟復鳳石文毅夫 初三熙續

莊示手痛方昨已試之昨答方

一方有槐蘇者無從覓也云滌

坊有詢之亦無 文丰南亦寄

仲飴寄攈古録 犢闇萊即復並

寄以硃拓萬年青二種 文廉生

初六日庚午 入直 大風 遣人迎

清卿並屬壺天天遇柳門門送說

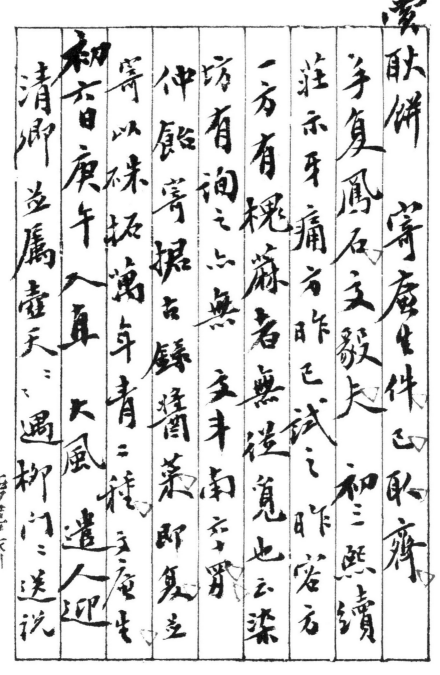

文筠泉畫樣好者二幅，秦山四屏、琅邪二屏送柳門，殊不坏。萬年青二種。夏偉如十八信，文沈子敦。胡子英來。濟峰送潤古信。

初七日辛未。入直。孫來。大風冷。朝房晤祥仁趾、清卿。午正到署，未初散。山東門人劉綸慧、李瑞莛、高彤瑄、傅潛、陳秉和、梁錦奎送酒席，送清卿。手復鄧岱東

送以左補孔辭士衣屈
清卿惠信河南府子楓亭信复
初八日壬申入直冷
上祈雪大高殿石查來大衍
奏事處本條對十五分乞寅臣
令郎書之清卿朗齋來
王同愈來勝之胡子英來
鄭井列清譜琴振民信
發南信

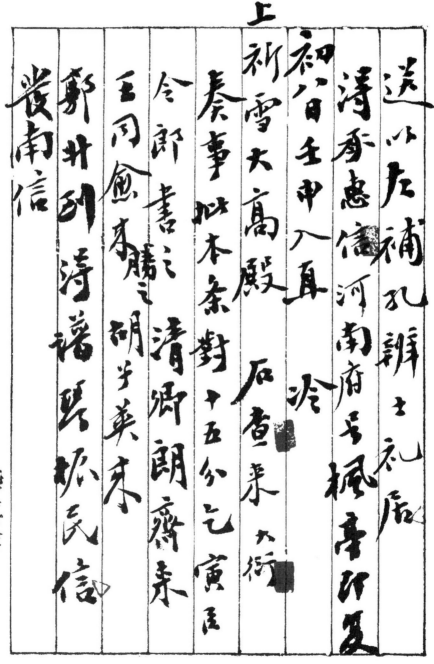

初六日癸酉。到大藥局任。發四叔、清之、譜琴、振民、運齋、廣安、辛芝、麟生信。碩清、卿蘭孫送阿小山克達春札四色、正字洗冤二種。得李蒓堂信（王寅刊，乃其所刻也），手復。胡輯五送家刻三種，手復。朱少巖、兩壽、朗齋信。

初七日甲戌。入直。直日。大風，冷。

賞燕窩。

滂喜齋

皇太后賞福壽字吏部引見時磕
頭以賞回王公侍臣故也不
濟清〃十四信譚卿〃信辛芝
〃信送譜凡例　劉家蔭來
收程西仙送字是夢溪筆談宋本文選
〃以之青也
十一日乙亥入直　大風冷　汪柳門
來詩閣學　內中送大鍋二封帽珠玨芽
阿小山克達春來　胡子英來　百

學壽齋

送柳門功順散書　江詩彥侍信不才本

十二日丙子入直　送劉樾仲家蔭家

劉公穜　午正到翠二劉散

擬罷來文知十四俄國會晤改於

十六　宮詹批及雲階等件

憶卯又送素菜八色及麵食明日以

朱拓四張申姚萬年青等天發說文圖及食物六色卷々

十三日丁丑入直　乾清　送方孝傑麩

十四孫文正學等五種　李准歲

洪二十

洪

梁飛雲（隨語胡商正注）逢辰、徐亞陶來，胡芳
英來，汪柳門來，崇文閣以廣
譽亭抄本舍利來索二百金，不咸
薄之，若農、、諸其書成種
十四日戊寅入直，松壽原招來刻
辞之，先後助手南（白又卅又四十又益黃通）
贈廣生十行本尚書注疏，汪益齋
物也，午後雪，夏玉符五送以
思補樓叢二種，陸非屋來詩集

函信並吾陶ミ佛　濟劉永錫信　沚喜開府
沈守廉信　夜大雪
十五日己卯入直　晴
御筆天喜神ミ神位編子　江容方來
牙痛　聞日俄國會晤之行文識
冒矣　松江守周興東來長訪農本
訖佛筆　雪至申後漸止
十六日庚辰入直
賞福壽字　引見時磕頭謝
日　碰

大寒巳正

恩

得仲良信，夔臣函交。是日戚國會晤，以感冒行文不克到。大風冷甚。得蔚若信，余誠枝送來共賞也。廣生西來，欲同仙兮只擬於廿三日前往，因胃病不能到。胡子英來，交李良丈壺杯拓，備與筠清館不同。函顧春壺豆工部尊政是審校送抵七件壽奏。

十七日辛巳。入直。午正到署，未初散。

慕蕉帖來　宮福六十六件　小廿五件

賞十一付　胡子英來　百　黃慶開帶　五百帳

十八日壬午入直　斗未　斗南、卓都局影

上諭大高殿謝雷寺、二工直白　小頭臘安又助

派題群仙祝壽壽字幅中三件以　井廟大行

楹幅三件　得翰卿信

十九日癸未入直　斗未

上辦事後幸北海　同鄉論

圓炸來

皇太后賞貂皮十張、大卷八個

賜蘭孫。屬若農書匾，又軒扇。

午正後南書房送來

賞袍褂料各一、帽緯一匣。若農即

寫扇來，且作楷甚工。溥蕢

廷信溥王作書信

二十日甲申。入直。斗未

上辦事後章姓海。芷菴招廿一

醉之，送以文宗御筆硃

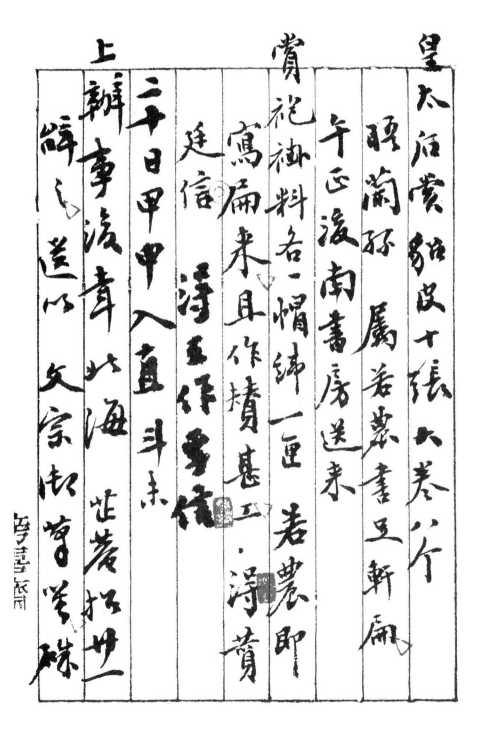

拓及說文統系圖　送家丁
送以自書壽及食物四色　賀
柳門　是日巳刻工部封印　清
秦甫到　蘊來　胡來大街
夜雪達旦
二十一日乙酉入直　日辰雪巳正後止
上辦事後幸北海
派寫浙江海塩（自在兵內）　癸未
觀音大士扇斗南之愈贈　癸亥庚子

完捐送六九頤、廣生見吠崔青
蚓歲星圖及黃石齋倪鴻寶大草
真幅文建義大進萬一蘭孫寄
硃拓萬年青二本容方來明
日行並看馬是等受柳門送端
木子疇稿來看印罷還之
手復宗子材胡子英來攜
來一尊筆以宗拜廣于西集付
其重裝以年內為限蔣來爵冊

寶森來以元本存復齋集二本瀛奎律髓交重裝限以年內淨 方步聽來 劉樾耕來送家語列子群書治要

二十二日丙戌入直

賞黃米糖 以福壽字乞若農署款 若農所著據龍注元秘史注諸可信 石查來百以道園所索售卌金云來

芳溪物也，以朱柒卷秦誼亭歲朝圖二幅屬其重裝。蘭孫送閱倪鴻寶石手卷，有吳蒼石跋，定上上品也。

上

幸南海。筆彩來，共帙帖四十八。籀來，付五分。昕齋來。石查送來丙戌歲朝圖，極工妙，答以。泉孫送殿試策來看。戴綬之、姜福來。馮開勳送韭。

紫蟹已盡同鐵盒等以進筆裝

二十三日丁亥入直

上幸南海　得蟹航信　送柳門韭黃腐干香蕉自製粽四包

叔韋倫五常來　即慕倫查大葉局　托若農在粵傢伙

送清卿食物及自製粽共四包

清卿來　子授來索左傳八本

並言增價　蘭孫索觀石查畫

得張南浦信 祀

竈 甚冷 工部送盂加碌三件來看

二十四日戊子 入直 請訓於本日請訓

上幸南海 在內懋德 明日工部三件 三件拆館

一件交授河道去良也 閱吏部貲

漱蘭處分山明日上 斗南送食物

六色 倫夢臣查局來覆

得子授復 左傳八十頁已交前途

唐子西集得自崇文刻

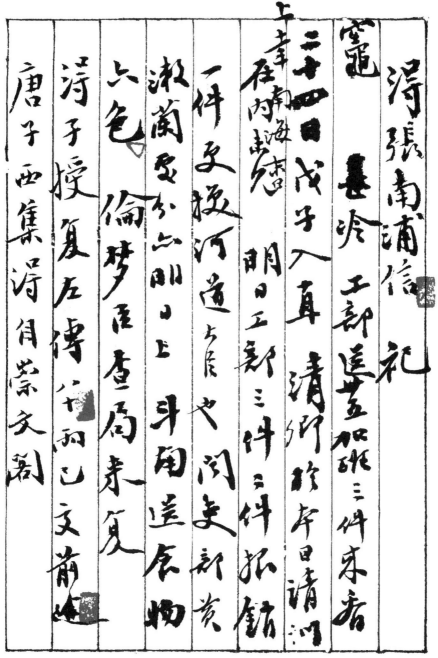

送寅臣令郎袍褂磁茶壺銅
手爐 柳門送酒二罎△食物三
色 胡[illegible]李若農送粉
角天 駿生送牡丹二盆
又 泉孫熙年送天竹迎春梅
花水仙各二盆 文邦從來
二十五日乙丑入直 大風冷
工部加班奏事三件 傳心殿
与芷菴譚 清卿送點石盂鼎
仲華開復處分

滂喜齋

拓五紙　濟寫之　廣安信印收

又復彥侍信印散　送清卿以

文宗對　濟天[illegible]萬年青硃拓二紙補

并六包　廉生送高尺蓋葉[illegible]板

常付景范拓石文拓送以盉拓問其

拓　胡子英來　西濟歲朝圖設

色餅版　漱蘭降二級　清卿來　[illegible]

二十六日庚寅　入直　過年祀

神　濟鞠常信印復　文盉本

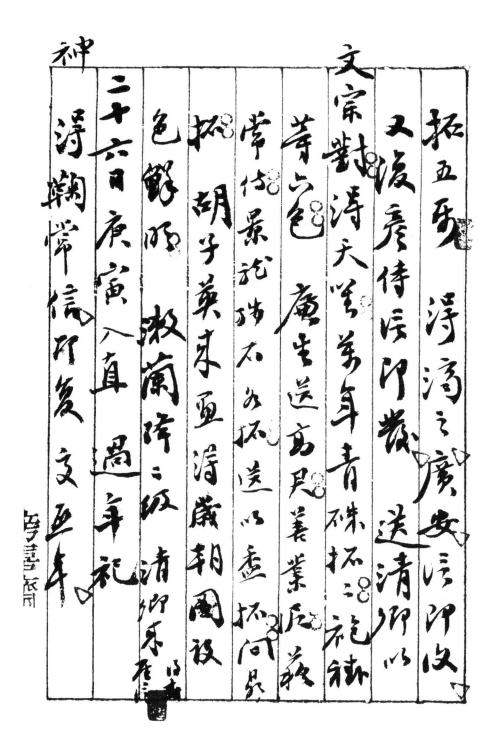

松壽繼西來為琉璃窗了 備五
芝來 孫子授招蘇度南齋同
了以手痛胃痛背亦到閒斗
南亦不到也丹采如家門 以高碧湄集五
部寄倪豹岑文 余誠格
胡子英來 唐子西集裝好
宋森取裝朱澤民集及瀛奎
律髓亦裝成招去二分 吳清卿遣人
來招寫鑄鏡得咸允信

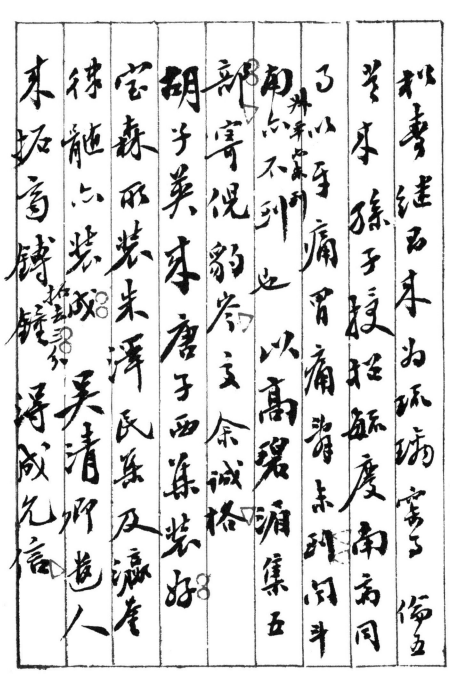

都水司文到水利民事方

詩香生信　詩譚進甫信

二十五日辛卯入直

賞緞皮荷包手巾　送若農陶堂集二部　賀廖仲山得兵右郎漱蘭缺也　開茇內廷賞条對

蘭孫借唐子西集中吳紀聞淨土安養集三種閱之　陳駿生來

送以東古文孝年譜二桐江集四種

文書田來報昨日去世以拓本
廿四孫文方長聯送方子聽
得汪眉伯信△ 吳獄文匠送雲峯山
拓廿種又十八種及石鈎二帽架一卷以
汪退谷十三行、家集、年譜、功甫山房全集、
秋審、東古多教、洗究等、魏正學編一部、
胡海帆翔林來交到雲楣信△
發下麈底賞 胡子英來鏡湖芳竹
二十八日壬辰入直 得子健信

光緒三十二年丙午

上諭蔭軒、以寧、劉次實等補授內閣學。

太廟乾清門蟒袍補褂侍班，歸時日磕頭。朝房遇露圃、樹南、夔石。仲山來，屋圓寶建佑、止庵俱蒙恩補，磕頭。胡石查來。午，訪蘭孫，不值。開發內廷節賞。送止庵四種：花卉拓本二幅、壽華長拓橫幅、申文定萬年青、王良常桃花源記六幅。江槐庭來，取查佑事。以鄭拓四送廣生

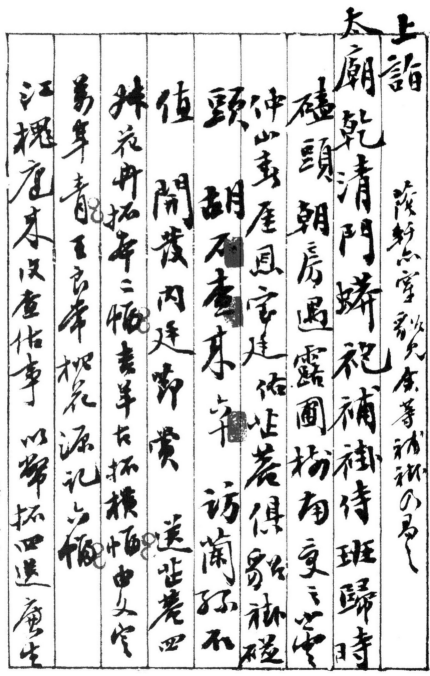

閱 胡子英來還饒幣二枚 以幣
一梁幣一安邑幣一垣幣一俱僞也
得濟之初九振民肩伯瘦羊信
李次青程小泉信 蒼立孫甫徐花
農食物 朱詠裳 善祥來 電
二十九日癸巳入直 胡子英來 一百三十二金欠答 產幣直五文
賞荷包五个 恭代 以姊如敦蓋來索百五十金 自清子要
御筆福神喜神財神貴神天喜神
之神位五分 閱發穗掛 又黃酒

(正)

館自五月至今每月四十千合銀廿
兩付之　梁經仙之方　又太監斛臺
紅壺方　藻華瑪瑙臺盒（珊瑚蓋）
擷朱方屢乞送來，自以八蓋拓云
陝周姓尋青物也　又郵爰拓　韓蔭棻
送花卷，以文宗對泉石壺鼎贈　得天劉說文統系圖
補詩年譜二　正學　夜農來，八十
賞香櫞　得文卿信　廷菴送熊掌（以送仲華）野雞、魚（以魚贈眷壺）
竹村信　小村、穀宜信　以鼎拓十六送進慶

滂喜齋

三日甲午入直 送尊客食物四色 子望信

賞龍字 尊客食物四色以送翁農

懋勤殿跪春 軍機列同跪春 禮親闕恭行禮

上御保和殿出乾清門時翁孫燮臣桂荷包謝 春果表

懸並春帖子 軍機來鏞鑵之日本羅卷一包軍機等

賞石查寄道因碑 胡子英來

華新樵來 古瓷十方付清 仲華送廣闕奶餅燕菜 四雞鹿蛋四色

以廣闕田雞送駿生 接

座廷祀 陳少希信

先